KB017200

보석 · 목걸이

어떤 정열 · 달빛 · 어느 미망인 · 후회 · 행복 · 첫눈

보석·목걸이

어떤 정열 · 달빛 · 어느 미망인 · 후회 · 행복 · 첫눈

look at yourself 006
책읽는고양이

차례

보석

랑탱은 회사 상사 댁에서 열린 파티에서 그녀를 만나, 마치 그물에 걸린 듯 사랑에 빠졌다.

그녀는 수년 전에 사망한 지방 징세관의 딸이었다. 그 후 그녀는 어머니와 함께 파리로 왔는데, 그녀의 어머니는 딸을 시집보내려는 희망으로 부근의 몇몇 중류층 가정을 자주 방문했다.

모녀는 가난했으나 성품이 훌륭하고 조용했으며 또한 온순했다. 딸은 현명한 젊은이라면 자기 인생을 맡기고 싶은, 그런 전형적인 정숙한 여자처럼 보였다. 그녀의 수수한 아름다움은 천사와 같은 정숙한 매력을 지니고 있었고, 입술에서 떠나지 않는 은은한 미소는 그녀의 마음을 반영하는 듯했다.

모든 사람이 그녀를 극구 칭찬했고, 그녀를 알고 있는 사람은 누구나 끝없이 이 말을 되풀이했다.

"저 애를 데려가는 사람은 행복할 거야. 저보다 훌륭한 아가씨는 찾을 수 없지."

랑탱은 그때 연봉 3천5백 프랑을 받는 내무성의 주사였는데, 그녀에게 청혼을 해서 결혼했다.

그는 그녀와 더불어 거짓말처럼 행복하게 살았다. 그녀가 너무나 능란한 살림 솜씨로 가정을 꾸려나갔기에 그들은 사치스럽게 살고 있는 것처럼 보였다. 그녀는 상냥했으며, 남편에게 최대한 관심을 기울였고, 교태를 부렸다. 그리고 그녀는 너무나 매력적이어서 결혼한 지 6년이 지났음에도 그는 신혼 때보다 그녀를 더욱 사랑하게 되었다.

그가 아내에 대해 못마땅하게 생각한 점은 딱 두 가지가 있었는데, 그중 하나는 극장에 가는 취미였고 다른 하나는 인조 보석에 대한 취미였다.

그녀의 친구들이—그녀는 몇몇 하급 공무원의 아내들을 알고 있었다—그때그때 인기 있는 연극의 심지어 초연 무대의 특등석 표를 얻어 그녀에게 주었다. 그러면 그녀는 하루 종일 일을 한 후 몹시 피곤한 남편이 싫어하든 말든 남편을 데려갔다. 그래서 그는 그녀가 알고 있는 어떤 부인과 연극 구경을 가면, 다음에는 그 부인이 그녀를 데려갈 것이 아니냐고, 그렇게 해줄 것을 간곡히 부탁했다. 그녀는 그런 방식이 별로 적당하지 못하다고 생각해 오랫동안 승복하지 않았다. 그러나 마침내 남편의 환심을 사려는 마음에서 그렇게 하기로 결정했다. 그래서 그는 그녀에게 한없이 고마운 마음을 느꼈다.

그런데 극장에 가는 이 취미가 이윽고 그녀의 마음속에 몸치장에 대한 욕구를 일깨웠다. 그녀의 몸치장은 아주 소박했다. 언제나 멋이 있었던 것은 사실이나 수수했다. 그녀의 부드러운 우아함, 검소하면서도 미소 짓는 그녀의 거역할 수 없는 우아함은 소박한 옷에 새로운 풍미를 더해주는 것 같았다. 그러나 그녀는 커다란 모조 다이아몬드를 귀에 달고, 모조 진주 목걸이, 모조 금팔찌, 보석과 비슷한 가지각색의 유리 세공품으로 장식된 머리빗으로 치장하는 습관이 생겼다.

그녀가 그처럼 싸구려 장식을 좋아하는 데 약간 기분이 상한 남편은 이런 말을 자주 되풀이했다.

"여보, 진짜 보석을 살 능력이 없으면 타고난 아름다움과 우아함으로 자기 자신을 보여주는 법이라오. 이것이야말로 가장 진귀한 보석이지."

그러나 그럴 때마다 그녀는 부드럽게 미소를 지으면서 대답했다.

"왜 그러세요? 난 이게 좋은데요. 당신이 옳다는 것은 잘 알아요. 이건 나의 나쁜 습성이에요. 하지만 고칠 수가 없군요. 진짜 보석이라면 더 좋았겠죠."

그러고는 진주 목걸이를 손가락으로 굴리면서, 깎인 수정의 결정면을 번쩍거리게 하며 말했다.

"하지만 이게 얼마나 잘 만들어졌는지 보세요.

틀림없이 진짜라고 생각할 거예요."

그러면 그는 미소 지으며 말했다.

"당신은 집시의 취미를 가졌군."

가끔 저녁에 남편과 난로 곁에서 마주 앉아 있을 때 그녀는 랑탱의 말에 따르면 '싸구려'가 들어 있는 가죽 상자를 차 마시는 탁자 위에 올려놓고, 그 가짜 보석들을 아주 열심히 살피기 시작했다. 마치 비밀스러운 심오한 기쁨을 맛보는 것처럼 보였다. 그리고 고집을 부려 남편의 목에 목걸이를 걸어놓고 마음껏 웃으면서 소리쳤다.

"당신, 너무 우스워요!"

그러고는 남편의 품에 뛰어들어 미친 듯이 입을 맞추었다.

어느 겨울 밤, 오페라 극장에 간 그녀가 추위로 와들와들 떨면서 돌아왔다. 이튿날엔 기침을 했다. 일주일 뒤 그녀는 폐렴으로 세상을 떠났다.

랑탱은 무덤까지 그녀를 따라갈 뻔했다. 그의 절망은 너무 심해서 한 달 만에 머리가 백발이 되어버렸다. 그는 아침부터 저녁까지 내내 울었다.

참을 수 없는 고통으로 가슴이 찢어지고, 죽은 아내와의 추억과, 그녀의 미소와 음성 등 모든 매력이 머릿속에서 떠나지 않았다.

시간도 그의 고통을 가라앉히지는 못했다. 종종 업무 시간에 동료들이 와서 그날의 일을 약간만 언급해도, 갑자기 그의 뺨이 부풀어오르고 코에 주름이 생기면서 눈에 눈물이 가득 고였다. 그러고는 무섭게 얼굴을 찌푸리며 흐느껴 울기 시작했다.

그는 아내의 침실을 그대로 보존한 채, 날마다 그 안에 죽치고 들어앉아 아내 생각을 했다. 모든 가구들이, 그녀의 옷조차도 마지막 날에 있던 자리에 그대로 있었다.

그러나 그로서는 생활하기가 힘이 들었다. 그의 봉급이 아내의 손에 있을 때는 모든 살림을 꾸려가는 데 넉넉했는데, 지금은 혼자 몸인데도 부족하기만 했다. 그는 아내가 어떻게 자기에게 항상 고급 포도주를 마시게 하고 맛 좋은 음식을 먹게 해주었는지 어리둥절했다. 자신의 보잘것없는 수입으로는 이제 더 이상 그런 것들을 마련할 수 없었던 것이다.

　그는 빚을 졌고, 궁여지책으로 사람들에게 돈을 꾸러 다녔다. 그러던 어느 날 아침, 월말까지는 꼬박 일주일이나 남았는데 돈이 한푼도 없었다. 그는 뭔가 팔아볼 생각을 했다. 그러고는 곧 아내의 '싸구려'를 처분해야겠다는 생각이 떠올랐다. 전에 그를 화나게 했던 그 '겉치레'에 대해 일종의 원한 같은 것이 마음 밑바닥에 있었기 때문이다. 매일 그것을 보는 것조차, 자신이 사랑했던 아내의 추억을 약간 손상시키는 것이었다.

　그는 아내가 남긴 가짜 귀금속 더미를 한참 찾았다. 생애 마지막 날까지 그녀는 집요하게 그것을 사서, 거의 매일 저녁 새 물건을 가져왔기 때문이다. 그는 그녀가 좋아했던 커다란 목걸이를 팔기로 결정했다. 그것은 사실 가짜치고는 아주 공들여 만든 것이라서 6, 7프랑은 충분히 나갈 거라고 생각했다.

　그는 목걸이를 주머니에 넣은 뒤 믿을 만한 보석상을 찾아 대로를 따라 직장이 있는 쪽으로 갔다.

마침내 상점 하나가 눈에 띄어 안으로 들어갔지만, 자신의 가난을 드러내고 값도 안 나가는 물건을 팔려고 하는 것에 약간 수치심을 느꼈다.

그가 상인에게 말했다.

"이것이 얼마나 나가는지 알고 싶습니다."

상인은 물건을 받아 이리저리 살펴보고, 손으로 무게를 재고, 확대경으로 들여다보았다. 그러더니 점원을 불러 아주 낮은 소리로 뭐라고 말하고는 다시 그 목걸이를 판매대 위에 올려놓았다. 그는 결과를 더 잘 감정하기 위해 멀찍이 떨어져서 바라보았다.

랑탱은 이런 모든 의례적인 일들이 거북해서 입을 열었다.

"아! 전혀 값나가는 목걸이가 아니라는 것은 잘 알고 있습니다."

상인이 말했다.

"이건 값이 1만2천 프랑에서 1만5천 프랑 정도 되겠습니다. 하지만 정확하게 출처를 알려주셔야만 살 수 있겠는데요."

홀아비는 눈을 커다랗게 뜨고 그대로 멍하게 있었다. 이해가 되지 않았던 것이다. 그는 마침내 더듬거리며 말했다.

"뭐라고요? 사실입니까?"

상대방은 그가 놀라는 것에 대해 잘못 생각하고 퉁명스러운 어조로 말했다.

"더 받으실 수 있으면 다른 데를 찾아보세요. 저로서는 기껏해야 1만5천 프랑밖에 드릴 수 없으니까요. 더 많이 받을 수 있는 곳을 찾지 못하면 다시 오시죠."

랑탱은 완전히 얼이 빠진 상태로 목걸이를 받아 들고 나왔다. 혼자서 곰곰이 생각해보고 싶었다.

그런데 거리로 나서자 웃음이 터져나올 것만 같았다.

"바보! 오, 바보! 그래도 그런 말을 선뜻 믿다니! 진짜와 가짜를 구별할 줄 모르는 보석상이 있다니!"

그리고 그는 페가(街) 입구에 있는 다른 보석상

으로 들어갔다. 보석을 알아보자 금은세공사가 소리쳤다.

"아, 저런! 이 목걸이를 잘 알고 있지요. 우리 집에서 팔았거든요."

랑탱은 어리둥절해서 물었다.

"얼마나 나가겠습니까?"

"이것을 2만5천 프랑에 팔았지요. 법률상 규칙에 따라야 하니까 어떻게 이것을 소지하게 되셨는지 말씀해주신다면, 1만8천 프랑에 다시 살 용의가 있습니다."

이번에는 랑탱이 깜짝 놀라 의자에 털썩 주저앉았다. 그가 다시 말했다.

"하지만…… 하지만…… 그걸 주의 깊게 잘 감정해보세요. 지금까지 난 그것을…… 가짜라고 생각했는데……."

보석 상인이 다시 말했다.

"성함을 말씀해주시겠습니까?"

"아무렴요. 랑탱이라고 합니다. 내무성에 근무하고 있어요. 주소는 마르티르가 16번지입니다."

보석 상인은 장부를 펼치고 찾아보더니 말했다."이 목걸이는 1876년 7월 20일, 마르티르가 16번지, 랑탱 부인에게 보낸 것이 맞군요."

두 사람은 서로 마주 보았다. 그는 뜻밖의 일이라 얼떨떨했으며, 보석상은 상대방이 도둑이 아닌지 의심했다.

상인이 말했다.

"이 물건을 스물네 시간만 제게 맡겨주시겠습니까? 보관증은 써드릴 테니까요."

랑탱은 더듬거리며 말했다.

"물론이고말고요."

그리고 그는 보관증을 접어 주머니에 넣으며 밖으로 나왔다.

그는 길을 가로질러 거슬러 올라가다가, 길을 잘못 잡은 것을 알고 튀일리로 다시 내려와 센 강을 지났다. 또 길을 잘못 든 것을 알자 머릿속에 아무 생각도 없이 샹젤리제로 다시 나왔다. 그는 이치를 따져 생각해보고, 이해해보려고 애썼다. 그의 아내는 그런 값비싼 물건을 살 수가 없었다.

'절대로 그럴 리가 없어. 그렇다면 선물로 받은 것이다! 선물! 누가 준 것일까? 왜 준 거지?

그는 걸음을 멈추고 길 한가운데에 우두커니 서 있었다. 무서운 의심이 그를 스쳐갔다.

'그녀가? 그렇다면 다른 보석들도 모두 선물이다!'

발밑의 땅이 흔들리고 앞에 있는 나무가 쓰러지는 것 같았다. 그는 두 팔을 펴고 털썩 주저앉아 정신을 잃었다.

그는 행인들이 데려다준 어느 약국에서 의식을 되찾았다. 그는 집으로 데려다달라고 말한 뒤 집에 죽치고 들어앉아 있었다.

그는 소리를 내지 않으려고 손수건을 물어뜯으며 밤이 되도록 정신없이 눈물을 흘렸다. 그러다가 피로와 슬픔에 눌려 잠에 곯아떨어졌다.

한 줄기 햇살이 그를 잠에서 깨웠다. 그는 직장에 나가려고 천천히 일어났다. 그 같은 충격을 받은 후에 일을 하기는 힘들 것 같아 그는 상사에게 말할 수 있는 변명 거리를 곰곰이 생각하고는 편지를 썼다. 그런 다음 보석상에 다시 가봐야겠다고 생각했다. 수치심으로 얼굴이 붉어졌다. 그는 오랫동안 생각에 잠겨 있었다. 그러나 목걸이를 그 보석상에 그대로 둘 수도 없어서 옷을 입고 밖으로 나왔다.

날씨는 화창했다. 도시 위에 펼쳐진 푸른 하늘이 미소를 짓고 있는 것 같았다. 거리를 오가는 사람들이 양손을 주머니에 넣고 유유히 걸어가고 있었다.

랑탱은 지나가는 사람들을 바라보며 혼잣말을 했다.

"재산이 많으면 얼마나 행복할까! 돈만 있으면 슬픔까지도 떨쳐버릴 수 있을 텐데. 가고 싶은 데도 가고, 여행도 하고, 기분 전환도 하고 말이야. 아! 나도 부자라면 얼마나 좋을까!"

그는 배가 고프다는 것을 느꼈다. 그저께부터 아무것도 먹지 않았던 것이다. 그러나 그의 주머니는 비어 있었다. 목걸이가 생각났다. 1만8천 프랑! 1만8천 프랑이면 거액이다!

그는 폐가로 들어서서 상점 건너편 보도 위에서 이리저리 거닐기 시작했다. 1만8천 프랑! 스무 번이나 들어갈까 말까 고민했다. 수치심이 계속 그의 발목을 잡았다.

그러나 배가 너무 고팠다. 배가 고팠지만 수중에는 한푼도 없었다. 그는 와락 결심을 한 뒤 생각할 시간을 두지 않으려고 달려서 길을 건너 보석상으로 뛰어들어갔다.

그를 알아본 상인이 상냥한 미소를 지으면서 서둘러 의자를 내놓았다. 점원들도 눈과 입술에 즐거운 표정이 역력한 채 다가와 랑탱을 곁눈질로 쳐다보았다.

보석 상인이 말했다.

"조회를 해보았습니다. 선생께서 여전히 같은 의향이시라면 제가 제의한 금액을 지불할 용의가 있습니다."

그가 더듬거리며 말했다.

"물론이죠."

보석상은 서랍에서 열여덟 장의 커다란 지폐를

꺼내 세어보고는 랑탱에게 내밀었다. 랑탱은 작은 영수증에 서명한 뒤 떨리는 손으로 그 돈을 주머니에 넣었다.

그리고 밖으로 나가려다가 여전히 미소를 짓고 있는 상인에게 몸을 돌렸다. 랑탱은 눈을 살짝 내리깔면서 말했다.

"저…… 다른 보석들도 있는데…… 그것도 역시 상속받은 것입니다. 그것들도 사시겠습니까?"

상인은 몸을 굽혔다.

"물론이고말고요."

점원 하나가 마음놓고 웃으려고 밖으로 나갔다. 다른 점원은 힘껏 코를 풀었다.

랑탱은 얼굴이 붉어졌으나 태연하게 그리고 정중하게 말했다.

"그것들을 가져오겠소."

그러고는 마차를 타고 보석을 가지러 갔다.

한 시간 뒤 보석상에 다시 들렀을 때도 그는 점심을 먹지 못한 상태였다. 그들은 물건 하나하나를 살펴보고는 값을 평가했다. 거의 모두 이 집에서 판 것들이었다.

랑탱은 이제 감정에 이의를 제기하기도 하고 화를 내기도 했으며, 판매 대장을 보여달라고 요구하기도 하고, 금액이 올라감에 따라 점점 더 큰 소리를 치며 말했다.

커다란 다이아몬드 귀고리는 2만 프랑, 팔찌는 3만5천 프랑, 브로치 반지 메달은 1만6천 프랑, 에메랄드와 사파이어로 만든 장신구는 1만4천 프랑, 금줄 목걸이에 매달린 외알 보석은 4만 프랑…… 모두 19만6천 프랑에 달했다.

상인은 농담처럼 말했다.

"온통 보석에만 투자한 사람이군요."

랑탱이 위엄 있는 목소리로 말했다.

"돈을 투자하는 방법 중 하나죠."

그러고는 다음날 구매자와 함께 다시 감정하기로 결정하고 밖으로 나왔다.

거리로 나서자 그의 눈에 방돔 원기둥이 들어왔다. 그는 보물 따먹기 게임*에서 기둥에 기어오르듯 방돔 원기둥을 기어오르고 싶은 생각이 들었다. 하늘 높이 앉아 있는 황제의 동상 위에서 개구리뜀 놀이를 하고 싶을 만큼 기분이 날아갈 듯했다.

그는 부아쟁 레스토랑에 가서 점심을 먹고 한 병에 20프랑이나 하는 포도주를 마셨다.

그러고는 마차를 타고 블로뉴 숲을 한 바퀴 돌았다. 그는 마차에 함께 타고 있는 일행을 경멸의 시선으로 바라보았고, 지나가는 사람들에게 소리치고 싶은 욕망에 가슴을 억눌러야 했다.

'나도 부자다. 내게는 20만 프랑이 있다!'

갑자기 직장이 생각났다. 그는 마차를 직장으로 몰게 해서, 단호하게 상사의 방으로 들어가 말했다.

"사표를 제출하려고 왔습니다. 30만 프랑을 상속받았거든요."

그는 옛날 동료들과 악수를 하고는 새로운 계

---

*보물 따먹기 게임 : 긴 기둥 꼭대기에 과자 봉지를 여러 개 걸어놓고 기둥을 타고 올라가 봉지를 따먹는 게임.

획을 털어놓았다. 그러고는 카페 앙글레에서 저녁을 먹었다.

옆에 앉아 있는, 품위 있어 보이는 신사에게 40만 프랑을 방금 상속받았다는 것을 털어놓고 싶은 근질거림을 억제할 수가 없었다.

난생 처음 극장에서도 지루하지 않았고, 그 밤을 여자들과 함께 보냈다.

여섯 달 뒤 그는 재혼했다. 두 번째 부인은 매우 정숙한 여자였지만, 성격이 까다로웠다. 그래서 그녀는 그를 무척 괴롭혔다.

목걸이

운명의 장난처럼, 간혹 평범한 가정에 예쁘고 귀여운 여자아이가 태어나는 일이 있다. 그녀도 그 가운데 한 명이었다. 지참금도 없고, 유산이 굴러들어올 만한 데도 없으며, 부유한 명문 집안 출신의 남자를 만나 이해와 사랑을 받으며 결혼할 그런 연줄도 없었다. 그녀는 문부성에 근무하는 한 하급 관리가 청혼하자마자 결혼하고 말았다.

몸치장을 할 형편이 못 되어 간소하게 지냈지만, 그녀는 원래 보다 낮은 계급으로 전락한 여자처럼 불행하다고 느꼈다. 여자란 본래 신분이나 혈통과 무관하게, 그들이 지닌 아름다움과 매력이 곧 그들의 태생과 가문 구실을 하게 마련이다. 타고난 기품, 본능적인 우아함, 유연한 재치만이 그들의 유일한 등급이며, 그런 것을 갖춘 처녀라면 서민 출신이어도 높은 신분의 귀부인과 나란히 설 수 있는 법이다.

자기가 온갖 좋은 것, 값진 것을 누리기 위해 태어났다고 생각하는 그녀는 끊임없이 고통을 받았다. 초라한 집, 얼룩진 벽, 낡은 의자, 누추한 의복까지 모든 것이 괴롭기만 했다. 같은 계급의 다른 여자라면 알아채지도 못했을 그 모든 것이 그녀를 괴롭히고 부아를 돋운 것이다. 브르타뉴 태생의 여자아이 하나를 하녀로 두었지만, 이 소녀를 볼 때마다 절망적인 안타까움과 미칠 것 같은 꿈이 떠올라 시달리곤 했다. 그녀가 항상 꿈에 그리는 것은 동양풍 커튼으로 치장한 깨끗한 응접실에 청동으로 만든 촛대로 불을 밝힌 그런 정경이었다. 거기에서는 짧은 바지를 입은 건장한 하인 둘이 커다란 의자에 파묻혀 졸고 있다. 실내가 너무 따뜻해 깜박 졸고 있는 것이다. 그녀는 고풍스럽고 값비싼 비단을 깐 넓은 객실과 진귀한 골동품이 진열된 으리으리한 가구들도 꿈꾸었다. 그리고 모든 여자가 부러워하고 주목받고 싶어하는 유명 인사들을 가까운 친구로 두고, 오후 5시면 그들을 불러 향기 그윽한 멋진 살롱에서 한담을 나누는 장면도 상상했다.

저녁 식사 시간에 사흘이나 빨지 않은 식탁보를 씌운 둥근 식탁에 남편과 마주 앉았을 때, 남편이 수프 그릇 뚜껑을 열면서 "아! 맛있는 수프군! 이보다 맛난 건 세상에 없을 거야!" 하고 소리치더라도, 그녀는 으리으리한 만찬과 번쩍거리는 은제 식기, 요정의 숲에 사는 기이한 새나 옛날 이야기의 인물이 수놓인 양탄자를 생각했다. 상상 속의 식사에서는 멋진 그릇에 산해진미가 가득 담겨 있고, 사람들은 불그스름한 송어 고기나 들꿩의 날개 부분을 먹으며 스핑크스처럼 신비한 미소를 띠고 간지러운 대화를 나누었다.

그녀에게는 화장품도, 장신구도, 아무것도 없

었다. 그러나 그녀가 좋아하는 것은 그런 것뿐이었다. 그런 것을 위해 태어났다고 느끼는 사람이었던 것이다. 사람들의 마음에 드는 것, 부러움을 받는 것, 화제의 대상이 되는 것, 이런 것들이 그녀의 간절한 소원이었다.

그녀에게는 돈 많은 친구가 하나 있었다. 수도원 학교의 기숙사 동창이었지만 지금으로선 만날 마음이 생기지 않았다. 만나고 돌아올 때마다 마음이 괴로웠던 것이다. 슬픔과 후회, 절망과 비탄으로 며칠이고 연거푸 울며 지낼 때도 있었다.

그런데 어느 날 저녁, 남편이 손에 큰 봉투를 들고 신이 나서 돌아왔다.

"이것 봐. 당신에게 주는 선물이야."

아내는 급히 봉투를 열어 카드를 꺼냈다. 거기엔 다음과 같이 적혀 있었다.

'조르주 랑포노 문부성 장관 부부는 루아젤 씨와 그 부인을 오는 1월 8일 월요일 밤 관저에서 열

리는 만찬에 초대합니다.'

　그러나 남편의 기대처럼 기쁜 마음으로 어쩔 줄 몰라 하기는커녕, 아내는 분한 듯 식탁 위에 초대장을 내던지며 중얼거렸다.

　"이걸 갖고 어떡하라는 거죠?"

　"아니, 여보. 난 당신이 기뻐할 줄 알았는데……. 좀처럼 외출하는 일도 없으니 좋은 기회잖아. 이걸 얻기 위해 무척 애썼단 말이야. 모두 서로 가지려고 했으니까. 원하는 사람이 많은 데다 아랫사람들에겐 몇 장 나오지도 않았어. 가보자고! 이름 있는 사람들만 모이거든."

　아내는 약이 오른 눈초리로 남편을 노려보다가 참을 수 없다는 듯 소리쳤다.

　"그런 곳에 뭘 입고 가라는 거예요?"

　남편은 미처 거기까지는 생각하지 못했다. 그는 말을 더듬었다.

　"하지만 극장에 갈 때 입는 옷이 있잖아. 그것 참 좋아 보이던데…… 내겐……."

그러나 남편은 그만 입을 다물고, 울고 있는 아내를 멍하니 바라보았다. 두 줄기 눈물이 그녀의 볼을 타고 입가로 흘러내렸다. 남편이 더듬거리면서 말했다.

"왜, 왜 그래?"

간신히 괴로운 심정을 가라앉힌 아내는 젖은 볼을 닦으며 차분한 목소리로 말했다.

"아무것도 아니에요. 다만, 제겐 나들이옷이 없어요. 그러니까 그 파티에 갈 수 없어요. 그 초대장은 옷이 많은 부인을 둔 동료에게나 주세요."

낙담한 남편은 다시 입을 열었다.

"여보, 마틸드. 얼마쯤이나 하는 거야? 다른 때도 입을 수 있으니까 생각해보자고. 그런 곳에 입고 나가기에 적당하면서도 그리 비싸지 않은 옷으로 말이야."

그녀는 잠시 생각하면서 계산을 해보았다. 근검절약하는 이 하급 관리 남편이 깜짝 놀라서 대뜸 비명을 지르며 거절하지 않을 정도로 돈을 타내려면 얼마 정도를 말해야 할까.

마침내 그녀는 주저하며 대답했다.

"정확히는 모르겠지만 4백 프랑만 있으면 그럭저럭 해볼 수 있을 것 같아요."

남편의 얼굴이 약간 창백해졌다. 꼭 엽총을 사려고 딱 그만한 돈을 따로 남겨두었던 것이다. 오는 여름에 친구 몇 명과 함께 낭테르 근교로 사냥을 갈 예정이었다. 그 친구들은 매주 일요일 그쪽으로 종달새를 잡으러 가곤 했다.

남편이 말했다.

"좋아. 4백 프랑은 어떻게든 만들어보지. 대신 멋진 옷을 장만해야 해."

무도회 날이 가까워졌다. 루아젤 부인은 슬픔과 걱정거리로 불안한 듯했다. 하지만 나들이옷은 이미 다 준비된 상태였다. 그래서 어느 날 저녁 남편이 물어보았다.

"무슨 일이 있는 거요? 당신, 사흘 전부터 뭔가 이상한데……."

그러자 아내가 대답했다.

"장신구랄 게 하나라도 있어야죠. 보석이 하나
도 없어요. 몸에 붙일 것이 하나도 없다니. 궁상을
떠는 것처럼 보일 거예요. 그날 밤 모임엔 아예 안
가는 편이 나을 것 같아요."

남편이 다시 말했다.

"생화를 달면 되잖아. 계절이 계절인 만큼 아주
산뜻할 거야. 10프랑만 내면 멋있는 장미꽃 두세
송이는 살 수 있을걸."

아내는 코웃음을 쳤다.

"안 돼요. 돈 많은 여자들 틈에 끼어 궁색한 꼴
을 보이는 것처럼 창피한 건 없거든요."

갑자기 남편이 큰 소리로 말했다.

"당신도 참 바보로군! 당신 친구 포레스티에 부
인에게 가서 장신구 좀 빌려달라고 부탁해봐. 서
로 친하니까 그 정도 부탁은 들어줄 거야."

아내는 환호성을 질렀다.

"참! 그래요. 왜 그 생각을 못했을까."

이튿날 그녀는 친구를 찾아가 자신의 처지를

이야기했다. 포레스티에 부인은 거울이 달린 장롱으로 가서 커다란 상자를 꺼내 뚜껑을 열며 루아젤 부인에게 말했다.

"자, 골라봐."

루아젤 부인은 먼저 팔찌를 보고, 그리고 진주 목걸이, 다음에는 기막힌 솜씨로 세공한 금과 보석으로 된 베네치아산 십자가 장신구를 살펴보았다. 거울 앞에 서서 이것저것 달아보며 망설였다. 그렇다고 쉽게 단념하고 돌려주지도 못했다. 그녀는 친구에게 물었다.

"다른 것은 없어?"

"있지. 찾아봐. 어떤 게 네 마음에 들지 모르겠다."

불현듯 루아젤 부인은 까만 비단으로 싸인 상자 속에서 찬란한 다이아몬드 목걸이를 발견했다. 그녀의 가슴은 억제할 수 없는 욕망으로 두근거리기 시작했다. 그것을 집는 손이 떨렸다. 깃을 세운 옷이기는 했지만, 그래도 가슴께에 그 목걸이를 달아보면서 그녀는 거울에 비친 자기 모습에 황홀해졌다.

이윽고 그녀는 고민에 가득 차서 망설이며 물었다.

"이거 빌려줄 수 있어? 이것만 있으면 돼."

"그럼, 괜찮아."

루아젤 부인은 너무 감격한 나머지 친구의 목을 껴안고 포옹했다. 그리고 목걸이를 갖고 도망치듯 돌아갔다.

파티 날이 되었다. 루아젤 부인은 대성공을 거두었다. 그녀는 파티에 참석한 어떤 여자보다 아름다웠다. 고상하고, 우아하며, 환한 얼굴로 넘치는 기쁨을 즐겼다. 남자란 남자는 모두 그녀에게 시선을 집중하고 그녀가 누군지 물었으며, 소개받고 싶어했다. 정부 고관들이 모두 그녀와 왈츠를 추려고 했다. 장관조차도 그녀를 유심히 바라보았다.

그녀는 취한 듯한 기분으로 정신없이 춤을 추었다. 쾌락에 취해 다른 것은 아무것도 생각할 수 없었다. 미모의 승리, 영광스러운 성공, 아부와 찬미와 욕망으로 만들어진 행복의 구름에 파묻혀 모든 것을 잊은 것이다. 그것은 여자에게 더할 나위 없이 달콤하고도 완벽한 승리였다.

그녀는 새벽 4시가 되어서야 집으로 출발했다. 남편은 자정부터 다른 세 사람과 함께 외떨어진 조그만 방에서 자고 있었다. 이 세 신사의 부인들도 한바탕 맘껏 즐겼던 것이다.

남편은 돌아갈 때 입으려고 가져온 옷을 아내의 어깨에 걸쳐 주었다. 평상시 입는 소박한 옷으로, 거기에서 묻어나는 가난함은 무도회의 화려한 의상과 어울리지 않았다. 그녀 역시 그걸 느끼고는 급히 몸을 피하려 했다. 화려한 모피를 휘감은 다른 여인들의 눈에 띄고 싶지 않았던 것이다.

루아젤이 그녀를 말렸다.

"기다려. 그대로 밖에 나갔다간 감기에 걸릴 거야. 마차를 불러오지."

그러나 그녀는 귀담아듣지 않고 재빨리 계단을 내려갔다. 두 사람은 거리에 나왔지만 마차가 한 대도 눈에 띄지 않았다. 둘은 멀리서 지나가는 마차를 큰 소리로 부르며 거리를 걸었다.

마차를 찾을 수 없자 두 사람은 맥이 풀려 추위에 덜덜 떨면서 센 강 쪽으로 내려갔다. 강가에서 겨우 마차 한 대를 잡을 수 있었다. 낡아빠진, 밤에만 나타나는 작은 마차로, 대낮의 파리에서는 그 초라한 모습이 부끄러워 나타나지 못할 것 같은 그런 마차였다.

초라한 마차를 타고 두 사람은 마르티르 거리에 있는 집으로 돌아갔다. 그리고 침울한 기분으로 집에 들어갔다. 한바탕의 꿈은 그걸로 끝이었다. 그녀는 감회에 잠겼다. 남편은 아침 10시에 출근해야 한다는 것에 새삼 생각이 미쳤다.

그녀는 어깨를 감싼 옷을 벗어던지고 거울 앞에 서서 다시 한 번 자신의 영광스러운 모습을 바라보려 했다. 그녀가 갑자기 외마디 비명을 내질렀다. 목걸이가 없어진 것이다!

벌써 반쯤 옷을 벗은 남편이 물었다.

"무슨 일이야?"

아내는 미친 사람처럼 남편을 돌아보았다.

"그…… 글쎄…… 포레스티에 부인에게 빌려온 목걸이가 없어졌어요."

남편도 놀라서 벌떡 일어났다.

"뭐라고! 어떻게! 설마……."

두 사람은 드레스의 갈피, 망토 구석구석, 주머니 속까지 다 찾아보았다. 목걸이는 어디에도 보이지 않았다.

남편이 다시 물었다.

"그 집에서 나올 때 분명히 목에 걸고 있었어?"

"그럼요. 저택 현관을 나올 때 손으로 만져본걸요."

"하지만 거리에서 없어졌다면 떨어지는 소리라도 났을 텐데. 마차에서 떨어뜨린 것이 틀림없어."

"그래요. 그런 것 같아요. 마차 번호를 기억하세요?"

"아니, 당신은? 당신은 번호 못 봤어?"

"보지 못했어요."

두 사람은 절망적으로 얼굴을 마주 보았다. 결

국 루아젤이 다시 옷을 입었다.

"우리가 걸어온 길을 다시 한 번 가볼게. 혹시 찾을지도 모르니까."

그리고 그가 나갔다. 그녀는 잠자리에 들 힘마저 빠져 야회복을 입은 채 의자에 털썩 주저앉아 불기도 없는 곳에서 아무 생각도 못하고 멍하니 있었다.

남편은 7시쯤 돌아왔다. 그러나 아무것도 찾지 못했다.

경찰서와 신문사에 가서 분실물 신고를 했다. 마차 조합에도 가보았다. 한마디로, 조금이라도 가능성이 있는 곳은 어떤 수고도 마다하지 않고 돌아다녔다.

아내는 천지가 뒤집힌 것 같은 이 재난 앞에서 하루 종일 어쩔 줄 모르고 혼이 나간 사람처럼 기다렸다.

루아젤은 저녁에 창백한 얼굴에 두 눈이 움푹 꺼진 모습으로 돌아왔다. 아무 소득도 없었다.

"당신 친구에게 목걸이 고리가 망가져 수리하

러 보냈다고 편지를 쓰도록 해. 시간을 갖고 방법을 찾아봐야지."

아내는 남편이 일러주는 대로 편지를 썼다.

일주일이 지나 모든 희망이 사라졌다.

5년은 더 늙어버린 것 같은 루아젤이 결정을 내렸다.

"그 보석을 대신할 다른 것을 찾아봐야겠소."

이튿날, 부부는 목걸이가 들어 있던 상자를 들고 상자 안에 적힌 보석상을 찾아갔다. 보석상은 장부를 조사해주었다.

"이 목걸이는 저희가 판 것이 아닙니다, 부인. 저희는 상자를 드렸을 뿐입니다."

두 사람은 보석상마다 찾아다니며 기억을 더듬어 비슷한 목걸이를 찾았다. 둘 다 슬픔과 불안으로 심각한 병에 걸린 환자 같았다.

팔레 루아얄의 어느 상점에서 두 사람은 찾고 있던 것과 똑같은 다이아몬드 목걸이를 발견했다. 4만 프랑이었다. 3만6천 프랑까지 깎아준다고 했다.

두 사람은 앞으로 사흘 동안 목걸이를 팔지 말
아달라고 보석 상인에게 부탁했다. 그리고 2월 말
까지 원래 목걸이가 발견되면, 3만4천 프랑으로
환불해준다는 약속도 받았다.

루아젤은 부친이 남겨준 1만8천 프랑을 갖고
있었다. 나머지는 빌려야 했다.

그는 돈을 빌리러 다녔다. 이 사람에게서 1천
프랑, 저 사람에게서 5백 프랑, 여기서 5루이, 저
기서 3루이 하는 식으로 돈을 빌렸다. 수많은 차용
증서를 쓰고, 위험한 사채도 썼으며, 고리대금업
자와도 거래하고, 온갖 종류의 사채업자를 찾아다
녔다. 남은 평생을 송두리째 위험에 빠뜨렸으며,
갚을 수 있을지조차 모른 채 서류에 마구 서명했
다. 그는 미래에 대한 불안과, 앞으로 자신에게 닥
칠 어두운 궁핍, 모든 물질적 제약, 정신적 고뇌를
두려워하면서 새 다이아몬드 목걸이를 찾으러 보
석상에 갔다. 그리고 계산대 위에 3만6천 프랑을
올려놓았다.

루아젤 부인이 목걸이를 돌려주러 갔을 때 포레스티에 부인은 쌀쌀맞게 말했다.

"일찍 갖다줘야지. 나도 언제 쓸지 모르잖아."

포레스티에 부인은 상자 뚜껑을 열어보지도 않았다. 그것이 루아젤 부인을 두렵게 했다. 물건이 바뀐 것을 알아채면 어떻게 생각할까? 뭐라고 말할까? 나를 도둑으로 생각하지는 않을까?

루아젤 부인은 영세민의 끔찍한 생활을 직접 체험하게 되었다. 그녀는 마음을 단단히 먹었다. 그 무서운 빚을 갚아야 했다. 갚을 것이다. 그러고는 하녀를 내보낸 뒤, 다락방을 빌려 이사했다.

그녀는 집안일이 엄청나다는 것과 부엌일이 짜증날 정도로 잡다하다는 것을 알게 됐다. 식기도 직접 씻었다. 장밋빛 손톱은 기름 묻은 그릇과 냄비 바닥을 닦느라 다 닳았다. 더러워진 속옷, 셔츠, 걸레도 자기가 빨고 줄에 널어 말렸다. 매일 마침 큰길까지 쓰레기를 운반하고, 계단마다 한 번씩 멈춰 숨을 돌리며 물을 길어올렸다. 하층민 여자처럼 옷을 입고 바구니를 팔에 낀 채 과일 가게와 잡화점, 정육점에 갔다. 물건을 살 때는 욕설을 들으면서도 한푼이라도 더 깎으려 했다.

매달 어음을 지불해야 했다. 나머지는 새로 연장해서 시간을 벌었다.

남편은 매일 밤 어떤 상점의 장부 정리를 맡아 했다. 밤에는 때로 페이지당 5수를 받고 서류를 베껴 써주기도 했다.

그러한 생활이 10년이나 계속되었다.

10년이 지나자 두 사람은 빚을 모조리 갚았다. 터무니없는 고리대금 이자에, 쌓이고 쌓인 이자의 이자까지 완전히 다 갚은 것이다.

루아젤 부인은 이제 할머니 같았다. 드세고 우락부락하고 거친 여자, 가난에 찌든 여인네가 된 것이다. 머리도 제대로 빗질하지 못하고, 볼품없이 구겨진 치마를 입은 채 목청 높여 지껄이면서 벌건 손으로 물을 첨벙이며 마루를 닦았다. 이따금 남편이 직장에 나가고 없어 한가할 때면, 창가에 앉아 그 옛날 자기가 그렇게도 아름답고 그렇게도 칭송을 받았던 무도회의 밤을 떠올리며 생각에 잠기곤 했다.

그 목걸이를 잃어버리지 않았다면 어떻게 됐을까? 누가 알 수 있으랴? 과연 누가 알겠는가? 인생이란 참으로 기묘하고 변화무쌍하다! 한 사람이 파멸하거나 구원을 얻는 것은 늘 그렇게 사소한 일 하나로도 충분한 것이다!

어느 일요일, 그녀는 일주일 내내 고되게 일한 생활에서 한숨 돌리려고 샹젤리제로 산책을 나갔다. 그때 아이를 데리고 거니는 한 여인이 눈에 띄었다. 포레스티에 부인이었다. 여전히 젊고 매력적인 모습이었다.

루아젤 부인은 뭔가 가슴에서 뭉클하게 치밀어 오르는 것을 느꼈다. 가서 말해줄까? 그래, 그래야 해. 이미 빚은 몽땅 갚았으니까 전부 말해야지. 그러지 못할 게 뭐야?

그녀가 다가갔다.

"잘 있었어, 잔?"

포레스티에 부인은 루아젤을 전혀 알아보지 못했다. 그녀는 어느 여인네가 허물없이 자신의 이름을 부르는 데 놀란 듯했다.

그녀는 말을 더듬었다.

"저, 실례지만…… 저는 잘 모르……. 사람을 잘못 보신 것 같아요."

"아니야. 나 마틸드 루아젤이야."

친구가 깜짝 놀라 외마디 소리를 냈다.

"뭐! 가엾은 마틸드. 너무 변했구나!"

"그래. 만나지 못한 동안 무척 고생을 했단다. 비참하게 살았지……. 그게 다 너 때문이었어!"

"나 때문에? 어떻게 그럴 수가?"

"기억나지? 그 다이아몬드 목걸이 말이야. 장관댁 무도회에 가느라고 내가 빌린 거."

"그럼. 그게 어쨌는데?"

"어쨌느냐면 말이야. 그걸 내가 잃어버렸거든."

"뭐라고? 하지만 돌려줬잖아."

"아주 비슷한 걸로 갖다준 거야. 그 돈을 갚는

데 꼬박 10년이 걸렸어. 잘 알겠지만, 우리처럼 아무것도 없는 처지엔 그리 쉬운 일이 아니었거든. 아무튼 다 됐어. 이젠 맘이 편해."

포레스티에 부인이 멈칫했다.

"내 것 대신 다른 다이아몬드 목걸이를 샀단 말이야?"

"그래. 그러고 보니 너 알아채지 못했구나? 하긴 진짜 비슷한 거였으니까."

그녀는 자랑스러운 듯 순진하게 웃었다.

포레스티에 부인은 숨이 탁 막혀 친구의 두 손을 꼭 쥐었다.

"어쩜! 어떡하면 좋아, 가엾은 마틸드! 내 건 가짜였어. 기껏해야 5백 프랑짜리였는데……."

어떤 정열

조수 때문에 약간 출렁일 뿐, 바다는 찬란하고 고요했다. 방파제 위의 르아브르 시 어디서나 선박들이 입항하는 것을 볼 수 있었다.

멀리 깃털 장식처럼 연기를 내뿜고 있는 거대한 증기선들이 보였고, 거의 보이지도 않는 예인선에 이끌려 들어오는 범선들은 잎이 떨어진 나무처럼 앙상한 돛대를 하늘을 향해 우뚝 세우고 있었다.

수평선 끝에서 배들이 방파제의 좁은 입구를 향해 달려왔고, 방파제 입구는 그 괴물들을 집어

삼켰다. 배들은 신음하고, 소리 지르고, 헐떡이는 것처럼 증기를 연신 토해냈다.

두 젊은 장교가 사람들로 북적이는 제방에서 인사를 주고받으며 산책하다가 이따금 멈춰 서서 이야기를 나누었다.

별안간 키가 큰 폴 당리셀이 동료 장 르놀디의 팔을 잡더니 낮은 목소리로 말했다.

"저길 봐. 푸앵소 부인이야. 눈겨여봐둬. 장담하건대, 그녀가 자네에게 추파를 던지고 있네."

부인은 부유한 선주인 남편의 팔에 매달려 걸어오고 있었다. 마흔 살 정도 되었지만 여전히 무척 아름다웠다. 약간 살이 쪘지만 그 살집 덕분에 스무 살 때처럼 생기 있어 보였다. 고고한 자태와 커다란 검은 눈, 귀족적인 인품 덕분에 그녀는 친구들 사이에서 여신이라고 불렸다. 그야말로 나무랄 데 없는 여인이었다. 일생 동안 단 한 번의 의혹도 주위에 어른거린 적이 없었다. 사람들은 그녀를 훌륭하고 순진한 여성의 전형으로 인용하곤 했다. 너무나 근엄해서 어떤 남자도 감히 그녀를 꿈꿀 수 없을 정도였다.

그런데 한 달 전부터 폴 당리셀은 친구 르놀디에게 푸앵소 부인이 애정 어린 눈길로 그를 바라본다고 주장했다.

"확실해. 틀림없다고. 내 눈엔 분명히 보인다니까. 그녀는 널 사랑하고 있어. 그녀는 한 번도 사랑해보지 않은 정숙한 여인처럼 자넬 열정적으로 사랑하고 있다고. 감각을 지니고 있는 정숙한 여인들에게 마흔 살이란 끔찍한 나이지. 미쳐버려서 정신 나간 짓을 한다니까. 저 여인은 이미 화살을 맞았어, 이 친구야. 그녀는 상처 입은 새처럼 떨어지고 있다고. 곧 자네 품에 떨어질 거라니까……. 저런, 저길 좀 봐."

키 큰 여인이 열두 살과 열네 살 된 두 아들을 앞세우고 다가오다가 그 장교를 알아보고는 별안간 창백해졌다. 그녀는 그를 열정적으로 뚫어져라 쳐다보았는데, 다른 것은 눈에 들어오지도 않는 모양이었다. 아이들도, 남편도, 주위의 다른 사람들도. 젊은이들이 인사를 하자, 그녀는 타는 듯한 눈빛을 숨기지도 않은 채 답례했다. 그 불꽃이 너무 강렬해서 마침내 르놀디 중위의 정신에 의혹이 스며들었다.

그의 친구가 속삭였다.

"확실하다고 했잖은가. 이번엔 자네도 봤지? 제기랄, 자네에게 또 월척이 걸렸구먼!"

그러나 장 르놀디는 사교계의 정분을 조금도 바라지 않았다. 사랑을 별로 추구하지 않는 그는 무엇보다도 평온한 삶을 원해, 젊은 남자가 우연히 만나게 되는 그런 가벼운 관계로만 만족했다. 예의 바른 여성이 요구하는 온갖 감상적인 일이나 세심한 관심, 다정함이란 그를 권태롭게 할 뿐이었다. 그런 종류의 모험이 언제나 엮어내는 사슬은 아무리 가벼운 것일지라도 그를 두렵게 했다. 그는 가끔 "한 달만 지나면 머리 꼭대기까지 지겨움이 꽉 들어찬다네. 그러곤 예의상 6개월을 참아야만 하지." 하고 말하곤 했다. 그런 뒤 결별할 때가 되면, 버려진 여인의 연극 같은 정경, 온갖 궤변, 악착스러운 집착이 그를 진절머리 나게 했다.

그는 푸앵소 부인과 마주치지 않으려고 피해 다녔다.

그런데 어느 날 저녁, 그는 한 만찬 석상에서 그녀 옆에 앉게 되었다. 그리고 그는 옆자리에 앉은 여인의 타는 듯한 시선을 피부로, 눈으로 느꼈다. 심지어는 영혼 속에까지 끊임없이 파고들었다. 그들의 손이 스쳤고, 거의 서로 꼭 잡게 되었다. 벌써 관계가 시작된 것이다.

그는 원하지 않았음에도 항상 여인과 다시 마주치게 되었다. 그리고 사랑받고 있음을 느꼈다. 그는 이 여인의 격렬한 정열에 대한 일종의 허영심 섞인 연민에 사로잡혀 마음이 누그러졌다.

그러던 어느 날, 그녀가 그에게 만나자고 했다. 편하게 이야기나 하자는 것이었다. 그녀는 정신을 잃고 그의 품에 쓰러졌다. 그리고 그는 여인의 애인이 되어야만 했다.

그리고 6개월이 지났다. 그녀는 억제할 수 없는 가쁜 사랑으로 그를 감쌌다. 이 광적인 정열에 갇힌 그녀는 더 이상 아무것도 생각하지 않았다. 그녀는 자신의 모든 것을 그에게 바쳤다. 육체, 영혼, 평판, 지위, 행복 등 그녀는 모든 것을 그 가슴속의 불꽃에 던져버렸다. 마치 값비싼 재물을 장작불에 제물로 던져넣듯이.

남자는 오래전부터 싫증이 나 있었고, 잘생긴 장교의 손쉬운 정복을 깊이 후회했다. 그러나 그는 이미 관계가 얽혀 붙잡힌 포로였다. 그녀는 매번 그에게 묻곤 했다.

"당신께 모든 것을 바쳤어요. 더 이상 뭘 바라는 거죠?"

그럴 때마다 남자는 다음과 같이 대답하고 싶은 마음이 간절했다.

'내가 당신에게 달라고 한 건 하나도 없소. 그리고 제발 부탁인데, 내게 준 것들을 모두 다시 가져가주기를 바라오.'

사람들의 이목이나 평판은 물론, 자신의 파멸조차 신경쓰지 않은 채 그녀는 매일 저녁 그의 처소를 찾았고, 날이 갈수록 그녀의 정염은 더해만 갔다. 그녀는 그의 품에 달려들어 미친 듯이 껴안으며 열정적으로 키스를 퍼붓다가는 이내 기절했다. 그에게는 끔찍하도록 지긋지긋한 일이었다. 그럴 때마다 그는 지친 목소리로 말했다.

　　"제발 정신 좀 차리세요."

　　그녀의 대답은 한결같았다.

　　"당신을 사랑해요."

　　그러고는 그의 무릎에 달라붙어 경배하는 자세로 하염없이 그를 바라보았다. 그러면 그는 완강한 시선에 짜증이 나 여인을 일으켜 세우려고 했다.

　　"이것 봐요. 앉으세요. 차근차근 이야기나 좀 합시다."

　　그럴 때마다 그녀는 나지막하게 웅얼거렸다.

　　"싫어요. 그냥 내버려두세요."

　　그러고는 여전히 황홀경에 빠진 상태로 움직이지 않았다.

그는 친구 당리셀에게 자신의 고민을 털어놓았다.

"언젠가는 그녀를 때릴 것만 같다네. 더 이상은 못 참겠어. 견딜 수가 없단 말일세. 이제 끝내야 해. 그것도 당장!"

그리고 덧붙였다.

"자네 생각엔 내가 어떻게 했으면 좋겠는가?"

친구가 대답했다.

"관계를 끊어."

그러자 르놀디가 어깨를 으쓱하며 말을 받았다.

"자네는 아주 쉽게 말하는군. 세심한 관심으로 자네를 괴롭히고, 상냥함으로 고문을 가하며, 애정으로 자네를 박해하는 여인. 유일한 근심이라고는 자네를 기쁘게 해주는 것이며, 유일한 잘못이라야 자네가 원치 않건만 스스로를 몽땅 바친 것뿐인 그런 여자와 관계를 끊기가 쉽다고 생각하는 모양이야."

어느 날 아침, 연대가 주둔지를 바꿀 거라는 소식이 들려왔다. 르놀디는 너무 기뻐서 춤이라도

추고 싶었다. 드디어 그녀로부터 벗어나게 된 것이다! 시끄럽게 하지 않고도, 고함을 치지 않고도 구출된 것이다! 두 달만 참고 기다리면 된다! 살았다!

그날 저녁, 그녀는 평소보다 열광한 기색으로 그의 거처로 들어섰다. 그녀 역시 그 끔찍한 소식을 들었다고 했다. 그러고는 모자도 벗지 않은 채 안절부절못하며 그의 손을 꼭 잡고는 눈을 마주 보며 떨리면서도 단호한 목소리로 말했다.

"곧 떠나시겠지요. 저도 알아요. 처음에는 제 영혼이 산산조각 나는 것만 같았어요. 하지만 곧 제가 해야 할 일이 무엇인지를 깨달았지요. 더 이상 망설이지 않겠어요. 한 여인이 남자에게 제시할 수 있는 가장 큰 사랑의 징표를 가져왔어요. 당신을 따라가겠어요. 당신을 위해 남편과 자식과 가정을 버리겠어요. 파멸할지도 모르지만 너무 행복해요. 당신에게 다시 저를 바치는 것처럼 느껴지는군요. 이것이 제가 당신에게 바칠 수 있는 가장 위대한 마지막 제물이에요. 저는 영원히 당신 것이에요!"

그의 등에 식은땀이 흘렀다. 그러고는 소리 없는 맹렬한 분노, 무기력한 노여움이 그를 사로잡았다. 하지만 그는 자신을 진정시켜야 했다. 무심한 어조와 부드러운 음성으로 그녀가 바치는 희생물을 사양하며, 그녀를 진정시키고 타이르면서 그녀의 미친 짓을 깨닫게 해주려고 애를 썼다. 그녀는 입술에 감도는 경멸감을 감추지 않은 채, 그의 얼굴을 빤히 올려다보며 묵묵히 그의 말을 들었다. 그의 말이 끝나자 그녀가 물었다.

"당신도 비겁한 사람인가요? 당신 역시 여인을 유혹했다가 마음이 변하면 즉시 버리는 남자들 중 한 명인가요?"

얼굴이 창백해진 그는 다시 이치를 따져가며 설득하기 시작했다. 그러한 행동이 가져올 불가피한 결과를 죽을 때까지 치러야 한다는 점을 알려주었다. 인생이 산산조각 나고 세상과 단절된다고……. 하지만 그녀는 완고했다.

"사랑하는데 무슨 상관이에요!"

드디어 그가 화를 터뜨리고야 말았다.

"절대로 안 돼요! 나는 싫어요. 알아들으시겠어요? 내가 원치 않기에 그런 짓을 용납할 수 없다고요."

그러고는 해묵은 원한으로 말미암은 흥분을 가누지 못하고 가슴에 쌓아둔 말을 마구 쏟아냈다.

"제기랄! 내 뜻과는 상관없이 나를 일방적으로 사랑한 지 너무 오래되었어요. 이제 남은 거라고는 끈덕지게 따라붙는 것뿐이겠지요. 고맙습니다. 이제 그만합시다!"

그녀는 아무 대답도 하지 않았지만, 납빛으로 변한 얼굴은 서서히 고통스럽게 일그러졌다. 모든 신경과 근육이 뒤틀린 것 같았다. 그녀는 작별 인사도 하지 않고 가버렸다.

바로 그날 밤, 그녀가 독약을 먹었다. 처음 일주일 동안은 소생할 가망이 없어 보였다. 온 도시가 그 이야기로 열을 올리며 그녀를 동정했다. 그녀의 정열이 격렬했던 만큼 그녀의 잘못도 용서할 만하다고 했다. 극단적인 감정이란, 그 고양(高揚)

상태로 인해 영웅적인 감정으로 승화되기에, 비난 받아야 마땅한데도 항상 용서가 되는 법이다. 그럼으로써 한 여인이 자살을 하면, 그 사실만으로 그녀의 간통은 더 이상 문제가 되지 않는다. 결국 얼마 지나지 않아 그녀와 다시 만나기를 거절한 르놀디 중위에게 대대적인 비난이 이어졌다. 그를 나무라고 싶은 집단 감정이었다.

르놀디 중위가 그녀를 구타하고, 배신하고, 버렸다는 소문까지 나돌았다. 연민에 사로잡힌 연대장이 부하 장교에게 조심스러운 비유를 통해 넌지시 한마디했다. 그러자 폴 당리셀이 친구를 찾아갔다.

"제기랄! 이봐, 한 여인을 저렇게 죽게 내버려 두어서는 안 되네. 그건 온당치 못한 일이야."

격분한 르놀디는 친구에게 닥치라고 말했다. 친구가 어느 순간 '비열함'이라는 말을 입에 올렸기 때문이다. 결국 두 사람은 결투를 했고, 르놀디가 부상을 당하자 모든 사람들이 고소해했다. 르놀디는 오랫동안 침상에 누워 있었다.

그 사실을 알게 되자 그녀의 사랑은 더욱 뜨거워졌다. 그가 자기를 위해 결투에 임한 것으로 믿었기 때문이다. 하지만 침실을 떠날 수 없었던지라 연대가 이동할 때까지 그를 다시 만나지는 못했다.

그의 연대가 릴로 옮겨 주둔한 지 3개월쯤 된 어느 날 아침, 젊은 여인 하나가 그를 방문했다. 옛 정부의 자매였다.

그녀는 오랜 고통과 극복할 수 없는 절망감에 시달린 끝에 푸앵소 부인이 죽어가고 있다는 소식을 전했다. 더 이상 가망이 없다고 했다. 영영 눈을 감기 전에 푸앵소 부인이 그를 잠시라도 다시 보고 싶어한다는 말을 전해주었다.

시간이 흘러 싫증과 노여움이 진정되었기에, 젊은이는 마음이 누그러져 눈물을 흘리며 르아브르를 향해 떠났다.

그녀는 임종을 맞은 듯했다. 사람들이 두 연인을 남겨두고 자리를 피해주었다. 자기 때문에 죽어가는 여인의 침상 앞에 이른 순간, 그는 발작 증세에 가까운 괴로움에 사로잡혔다. 그는 흐느끼며, 입술로 다정하고 열렬하게 그녀를 애무했다. 이제껏 그녀에게 단 한 번도 해주지 않은 애무였다. 그가 더듬거리며 말했다.

"아니야, 아니야. 당신은 죽지 않아요. 곧 나을 거예요. 그리고 다시 사랑을 나눌 거예요…… 언제까지라도……"

그녀가 웅얼거리듯 속삭였다.

"진정인가요? 나를 사랑한다고요?"

그는 비탄에 잠긴 나머지 그녀가 쾌유되면 그녀를 기다리겠노라고 약속하고 맹세했다. 또 가엾은 여인의 앙상한 손을 꼭 쥐고는 한없이 슬퍼했다. 그러는 동안 여인의 심장은 힘차고 어지럽게 박동했다.

다음날 그는 병영으로 돌아갔다.

6주 후 그녀가 다시 그와 합류했다. 폭삭 늙어서 알아볼 수조차 없었지만, 그를 향한 그녀의 열정은 더욱 이글거렸다.

그 역시 격정에 사로잡혀 그녀를 맞았다. 그러

고는 마치 법적으로 혼인한 사람들처럼 함께 살았다. 그러자 여인을 무정하게 버렸다고 분개하던 연대장마저 그 불법적인 행태를 못마땅하게 생각했다. 연대 내에서 모범을 보여야 할 장교에게 어울리지 않는 처신이라는 것이었다. 연대장이 경고에 이어 징계 조치를 내렸고, 르놀디는 사직서를 제출했다.

두 사람은 지중해 연안에 있는 어느 별장에 가서 살림을 차렸다. 예부터 지중해는 연인들이 즐겨 찾는 바다다.

그 후 3년이라는 시간이 흘렀다. 르놀디는 이제 멍에에 순종하며 저항하지 않았다. 그 줄기찬 애정에 익숙해진 것이다. 그녀의 머리는 이제 백발이 되었다.

그는 자신을 물에 빠져 끝장난 사람이라 생각했다. 어떠한 희망도, 출세도, 만족도, 즐거움도, 이젠 더 이상 그에게 허락되지 않았다.

그런데 어느 날 아침, 누군가의 명함이 그에게 전달되었다. '조제프 푸앵소. 선주. 르아브르.' 그

녀의 남편 것이다! 그런 여인들의 절망적인 고집
에는 맞서 싸우는 것이 아님을 이해하고 아무 말
도 하지 않은 남편이었다. 무슨 일로 찾아왔을까?

그녀의 남편은 안으로 들어오지 않겠다며 정원
에서 기다리고 있었다. 그가 정중하게 인사했다.
그는 정원 오솔길에 있는 벤치에조차 앉기를 거절
했다. 그가 또박또박 천천히 용건을 말하기 시작
했다.

"선생님, 제가 이곳에 온 이유는 선생님을 나무
라기 위해서가 아닙니다. 일이 어떻게 된 것인지
를 너무나 잘 알기 때문입니다. 저는…… 아니 우
리는…… 일, 일종의 숙명을 겪고 있는 것입니다.
상황이 달라지지만 않았다면 조용히 물러나 사는
선생님을 결코 번거롭게 하지 않았을 것입니다.
제게는 딸 둘이 있는데, 큰아이가 어느 젊은이와
사랑에 빠졌습니다. 그러나 젊은이의 집안에서 제
딸아이의…… 어미의 일을 문제삼아 혼인을 반대
하고 있습니다. 제게는 노여움도 원한도 없습니
다. 다만 제 아이들을 극진히 아낄 뿐입니다. 그래

서 제…… 제 처를 돌려주십사 간청하려고 찾아온 것입니다. 그녀가 오늘은 제 집으로…… 본래 그녀의 집으로 돌아가는 데 동의해주시기를 바랄 뿐입니다. 저로서는 그간의 모든 일은 잊은 척하겠습니다……. 딸들을 위해서요."

르놀디는 가슴이 뭉클했다. 사면령을 받은 죄수처럼 미칠 듯한 기쁨이 가슴에 넘쳐흘렀다.

르놀디가 더듬거리며 대답했다.

"당연히 그래야죠……. 옳은 말씀입니다. 선생님…… 저 역시…… 사실…… 의심할 여지없이…… 당연한, 너무나 당연한 일입니다."

그는 그녀의 남편과 악수를 나누고 힘껏 포옹한 뒤 그의 볼에 자기 볼을 부비고 싶은 심정이었다.

그가 다시 말했다.

"잠시 들어가시죠. 거실에서 기다리는 게 편하실 겁니다. 그녀를 불러오겠습니다."

이번에는 푸앵소도 사양하지 않고 거실로 들어와 앉았다.

르놀디는 뛰어가듯 성큼성큼 계단을 올라갔다.

그리고 정부의 방문 앞에 이르러 마음을 가라앉히고는 엄숙한 표정을 지으며 들어갔다.

"아래층에 손님이 와 있소. 당신 딸들의 소식을 가지고 오셨다는군."

그녀가 몸을 일으켰다.

"내 딸들? 무슨 일인데요? 도대체 무슨 소식이에요? 설마 죽은 건 아니겠죠?"

그가 대답했다.

"그런 게 아니오. 하지만 오직 당신만이 풀 수 있는 중대한 문제가 있는 것 같소." 그녀는 더 이상 듣지 않고 급히 아래층으로 내려갔다.

그는 심히 동요되어 의자에 털썩 주저앉아 기다렸다.

그는 오랫동안, 아주 오랫동안 기다렸다. 이어 신경질적인 목소리가 천장을 통해 그에게까지 들려오는지라 내려가보기로 했다.

푸앵소 부인은 서 있었다. 몹시 짜증이 난 듯 금방이라도 거실에서 나가버릴 기세였다. 반면에 남편은 그녀의 가운 자락을 잡고 되풀이해 애원하고 있었다.

"하지만 당신이 우리 딸들을, 당신의 딸들을, 우리의 아이들을 망가뜨리고 있음을 제발 깨닫도록 해요!"

그녀는 고집스럽게 대답했다.

"당신 집으로 돌아가지 않겠어요."

르놀디는 모든 상황을 이해하고는 주춤거리며 다가가 겨우 한마디했다.

"뭐라고요? 돌아가기 싫다고요?"

여자가 그를 향해 돌아섰다. 그러고는 법적인 남편 앞이라 조심스럽게 말을 높여 그에게 말했다.

"저분이 뭘 원하는지 아시겠어요? 제가 자기 집 지붕 밑으로 돌아가기를 원한답니다!"

그러고는 거의 무릎을 꿇고 애원하는 남자에게 커다란 멸시의 냉소를 감추지 않았다.

그때 르놀디는 절망 속에서 마지막 패를 잡은 사람의 단호함으로 입을 열어, 가엾은 딸들의 처지와 그녀의 남편의 상황과, 자신의 입장을 변호했다. 그리고 새로운 논거를 찾기 위해 그가 잠시

말을 중단하자, 이런저런 수단을 다 써본 푸앵소
가 본능적으로 되살아난 예전 습관에 따라 친밀한
어조로 중얼거리듯 그녀에게 말했다.

"제발, 델핀. 당신 딸들을 생각해봐."

여인은 경멸이 가득한 시선으로 두 남자를 물
끄러미 바라보았다. 그러고는 계단 쪽으로 내달리
며 던지듯 말했다.

"두 사람 모두 한심하군요!"

홀로 남은 그들은 누가 더할 것도 없이 낙담하
고 괴로워하는 표정으로 잠시 서로를 바라보았다.
푸앵소가 곁에 떨어진 모자를 집어든 후 마루에
닿아 뽀얗게 된 무릎을 손으로 툭툭 털고는 절망
적인 몸짓을 했다. 르놀디는 그를 출입문까지 배
웅했다. 남자가 인사하며 말했다.

"선생님, 우리 두 사람 모두 정말 불행하군요."

그러고는 무거운 발걸음으로 멀리 사라졌다.

달빛

마리냥 신부의 전쟁을 연상시키는 이름*은 그
와 잘 어울렸다. 그는 마르고 광신적이었으며, 언
제나 흥분을 잘하지만 곧은 영혼을 지닌 키가 큰
사제였다. 그의 믿음은 너무나 확고부동해서 절대
로 흔들리는 법이 없었다. 그는 자기가 믿는 하느
님을 자기가 잘 알고 있고, 그분의 섭리와 뜻과 의
도를 꿰뚫어볼 수 있다고 진심으로 생각했다.

*1515년 프랑스의 프랑수아 1세가 이탈리아로 원정해 벌인 마리냥 전
투(La Bataille de Marignan)를 빗댄 말. 마리냥 전투 결과 프랑수아 1세
는 밀라노를 손에 넣었다.

그러나 자그마한 시골 사제관의 산책길을 큰 걸음으로 거닐때면, 이따금 마음속에 한 가지 의문이 생기곤 했다. "하느님은 왜 저것을 만드셨을까?" 그러고는 하느님의 입장에서 생각하면서 집요하게 탐구했고, 또한 거의 언제나 답을 찾아냈다. 그는 "주님, 당신의 섭리는 헤아릴 수가 없습니다!" 하며 독실하고 겸손한 감동에 차서 속삭이는 사람이 아니었다. 대신 이렇게 혼자 중얼거렸다. "나는 하느님의 종입니다. 그러므로 그분께서 역사하시는 이유를 알아야 하며, 알 수 없는 것이라면 추측이라도 해야만 합니다."

자연 속에 있는 모든 것이 그에게는 절대적이고도 감탄할 만한 논리에 따라 창조된 것처럼 보였다. '어째서'와 '왜냐하면'은 항상 균형을 이룬다는 것이다. 새벽의 여명은 잠에서 깨어난 사람들을 즐겁게 하려고 만들어졌고, 낮은 곡식이 잘 익도록 하기 위해 만들어졌다. 비는 곡식에 물을 주려고 만들어졌고, 저녁은 잠자리를 준비하기 위해 만들어졌다. 그리고 어두운 밤은 잠자기 위해 만들어졌다.

사계절은 농사에 필요한 모든 요건에 완전히 대응하는 것이었다. 자연이 스스로 지니는 의도란 없으며, 오히려 눈에 보이는 모든 것은 시대와 기후와 물질의 엄격한 필요에 따라 움직이고 있다는 사실에 대해 전혀 의심하지 않았다.

그러나 그는 여자만은 싫어했는데, 무의식적으로 여자를 증오했다. 그리고 본능적으로 여자를 경멸했다. 그는 종종 그리스도의 다음과 같은 말씀을 되풀이했다. "여인이여, 그대와 나 사이에 어떤 공통점이라도 있는가?" 그리고 덧붙였다. "하느님 자신도 그 작품에 대해서는 만족하게 생각하지 않으신 것 같아." 그에게 여자란, 어떤 시인이 말한 바와 같이 열두 배는 더 불순한 어린아이였던 것이다. 여자는 최초의 남자를 유혹하고 또 저주의 작업을 영원히 계속하는 유혹자이며, 나약하고 위험하고 신비스럽게 마음을 어지럽히는 존재였다. 그들의 타락한 육체보다도 그가 더욱 증오하는 것은 그들의 상냥한 영혼이었다.

종종 그는 자신에게 달라붙는 그들의 애정을 느꼈다. 그리고 그가 넘어가지 않으리라는 것을 알고 있으면서도 여자들의 마음속에서 언제나 부글부글 끓고 있는 그 사랑의 욕구에 대해 울화가 치밀었다.

그의 견해에 따르면, 하느님은 오직 남자를 유혹하고 시험하기 위해 여자를 만드셨다. 그래서 여자에게 가까이 갈 때에는 함정이 있을지도 모르니 반드시 조심해야 한다. 아닌 게 아니라, 여자가 팔을 내밀고 남자를 향해 입술을 벌린 모습은 함정과 매우 비슷하다.

그는 서약을 통해 남자에게 무해하게 된 수녀에게만 관대한 마음을 지녔다. 하지만 정작 수녀들을 대할 때는 엄격했다. 그들의 사슬로 얽매인 마음, 겸손한 마음의 밑바닥에는, 사제이긴 하지만 남자인 그에게로 향한 그 영원한 애정이 아직도 살아 있음을 언제나 느끼기 때문이다.

수도사의 시선보다 더 신앙심에 젖어 있는 수녀들의 시선 속에서, 그들의 성이 뒤섞이는 법열

속에서, 그리스도를 향한 사랑의 열정 속에서 그는 그것을 느꼈고, 그것이 그를 화나게 만들었다. 그것은 여자의 사랑이었고 관능적인 사랑이었기 때문이다. 그는 이 저주받은 애정을 심지어 그들의 순종에서도, 그에게 말을 할 때의 부드러운 목소리에서도, 내려뜬 그들의 눈에서도, 그리고 그들을 가혹하게 나무랐을 때 참고 따르면서 흘리는 눈물에서도 느낄 수 있었다.

그래서 수녀원의 문을 나서면서 그는 사제복을 흔들며, 마치 위험 앞에서 도망치기라도 하듯 큰 걸음으로 서둘러 걸어갔다.

신부에게는 조카딸이 하나 있었는데, 그녀는 자기 어머니와 함께 이웃의 작은 집에서 살고 있었다. 그는 그녀를 환자 간호 담당 수녀로 만들려고 애를 썼다.

그녀는 예뻤지만, 경솔하고 빈정거리는 버릇이 있었다. 신부가 설교를 할 때에도 그녀는 킥킥거리며 웃어댔다. 그리고 신부가 화를 내면 그녀는 힘껏 자기 가슴에다 신부를 끌어안는 것이었다.

그러면 그는 무의식적으로 힘껏 그녀를 떼어냈다. 그러나 이 포옹은 그에게 어떤 달콤한 기쁨을 맛보게 했고, 모든 남자의 마음속에 잠들어 있는 부성 본능의 감동을 일깨웠다.

신부는 종종 그녀와 함께 들길을 걸으면서 하느님에 대한 이야기를 들려주었다. 그러나 그녀는 신부의 말을 거의 듣지 않고 눈에 보이는 삶의 행복에 가득 차서 하늘과 풀, 꽃을 바라보았다. 이따금 그녀는 펄쩍 몸을 날려 새 한 마리를 잡아와서는 소리쳤다.

"보세요. 얼마나 예뻐요. 입을 맞추고 싶네요."

날아다니는 것마다 입맞추고 싶은 욕구, 라일락의 열매에 입을 맞추고 싶은 욕구가 사제를 불안하게 하고, 화나게 하고, 자극했다. 그는 여자들의 마음에 언제나 싹트고 있는, 뿌리 뽑을 수 없는 그 애정을 거기에서 또 발견하는 것이었다.

그러던 어느 날, 마리냥 신부의 가사를 돌보고 있는 성당지기의 아내가 조카딸에게 사랑하는 사람이 있다는 것을 조심스럽게 알려주었다.

신부는 그 말을 듣고는 무서운 동요를 느꼈다. 면도를 하던 중인지라 얼굴 가득 비누칠을 한 채 숨이 턱 막혀 한동안 꼼짝도 할 수 없었다.

이윽고 찬찬히 생각한 후 말을 할 수 있는 상태가 되자 몸을 돌려 소리쳤다.

"무슨 소리! 거짓말을 하고 있군, 멜라니!"

그러자 시골 여자는 자기 가슴에 손을 얹으며 말했다.

"제가 만일 거짓말을 하고 있다면 주님께서 저를 심판하실 겁니다. 신부님. 아가씨는 밤마다 아주머니가 자리에 들자마자 그리로 가는걸요. 두 분은 강가를 따라 걷죠. 10시에서 자정 사이에 그곳에 가면 보실 수 있을 텐데요."

신부는 면도하는 것을 멈추고, 깊은 명상 시간에 늘 하는 것처럼 거칠게 걷기 시작했다. 그러다가 수염을 마저 깎으려 했지만, 코에서부터 귀까지 세 번이나 베었다.

그날 온종일 그는 말이 없었고, 분노로 화가 나 있었다. 그의 분노에는 꺾어버릴 수 없는 사랑을 대면하는 사제로서 느끼는 분노뿐만 아니라 한 어린아이에 의해 농락당하고, 빼앗기고, 배신당한 도의적 아버지로서, 후견인으로서, 영혼을 책임진 사람으로서 갖게 되는 울분이 포함되어 있었다. 그것은 딸이 부모와 상의 한마디 없이, 부모의 반대에도 불구하고 남편을 선택했을 때 느끼는 부모의 이기적인 숨막힘 같은 것이었다.

저녁 식사가 끝나고 책을 읽으려 했으나 그럴 수가 없자 점점 화가 났다. 시계가 10시를 울리자 그는 지팡이를 찾아 들었다. 그것은 환자를 보러 갈 때, 밤에 외출할 때 언제나 사용하는 어마어마한 참나무 지팡이였다. 그는 미소를 지으며 그 거대한 몽둥이를 바라보고는, 시골 사람의 억센 팔심으로 위협적으로 검을 휘두르듯 휘둘러보았다. 그러다가 갑자기 그것을 쳐들고, 이를 갈면서 의자를 내리쳤다. 의자가 부서지며 등 받침대가 마룻바닥에 나뒹굴었다.

그러고는 문을 열고 나가려다, 거의 한 번도 본 적이 없을 만큼 눈부시게 아름다운 달빛에 놀라

문간에서 걸음을 멈췄다.

몽상가 시인이라고 해도 좋을 중세 시대의 교부(敎父)들이 가졌음 직한 그런 정신 중 하나인 고양된 정신을 그 역시 가지고 태어났기에, 뿌연 밤의 숭고하고도 평화로운 아름다움에 감동되어 갑자기 멍해지는 것을 느꼈다.

작은 정원에 있는 모든 것이 부드러운 달빛에 잠겨 있었다. 줄지어 늘어선 과일나무들은 푸른 잎을 거의 걸치지 않은 가느다란 나뭇가지의 그림자를 산책길에 드리우고 있었다. 담장 위로 기어오른 거대한 인동덩굴은 감미롭고 설탕 같은 숨결을 내뿜었으며, 훈훈하고 밝은 밤에 일종의 향기로운 영혼을 떠다니게 하고 있었다.

신부는 길게 숨을 들이마시기 시작했다. 마치 술꾼이 술을 마시는 것처럼 공기를 들이마셨다. 그는 조카딸은 거의 잊은 채 느릿느릿한 걸음으로, 넋을 빼앗기고 감탄하며 나아갔다.

들판으로 나오자 그는 걸음을 멈추고 애무하는 듯한 달빛에 잠긴, 청명한 밤의 부드럽고도 나른한 매혹적인 아름다움 속에 잠긴 온 벌판을 바라보았다. 두꺼비들은 쉬지 않고 짧은 금속성 소리를 허공에 내던졌고, 멀리 떨어진 밤꾀꼬리는 아무런 생각없이 꿈꾸게 만드는 그들의 단속적인 음악, 키스를 위해 만들어진 그 가볍고 떨리는 음악을 청명한 달빛의 유혹에 섞어 넣고 있었다.

신부는 다시 걷기 시작했다. 이유는 알 수 없지만 마음이 약해졌다. 갑자기 풀이 죽고 지쳐버린 것 같은 느낌이 들었다. 그는 자리에 앉아 그대로 있으면서 명상에 잠겨 하느님의 작품을 찬미하고 싶어졌다.

저 너머로 물결치는 작은 강을 따라 미루나무가 길게 꾸불꾸불 늘어서 있었다. 그리고 가느다란 김이, 달빛이 투과하며 은빛으로 빛나도록 만든 하얀 수증기가, 높다란 둑의 주위에 머무르며 굽이쳐 흐르는 강물을 가볍고 투명한 솜처럼 온통 덮어씌우고 있었다.

사제는 커져가는, 억제할 수 없는 감동에 영혼 저 깊은 곳까지 젖어 다시 한 번 걸음을 멈췄다.

그런데 어떤 의혹이, 막연한 불안감이 엄습했다. 가끔 자문하던 의문 중 하나가 마음속에서 꿈틀거리는 것을 느낀 것이다.

왜 하느님은 이런 것을 만들었을까? 밤이 잠을 위해, 무의식 상태를 위해, 휴식을 위해, 모든 것의 망각을 위해 마련된 것이라면, 어째서 밤은 낮보다 매혹적이고 새벽이나 저녁보다 감미롭게 만들어졌을까? 그리고 어째서 태양보다 시적인 저 느릿느릿하고 매혹적인 천체는, 은밀한 만큼 너무 미묘하고 신비로운 것들을 커다란 빛으로 비추기 위해 예비해둔 것 같은 저 달은 어둠을 이다지도 투명하게 만들려고 하는 것일까?

노래를 잘하는 새들 중에서도 가장 솜씨 좋은 저 새는 어째서 다른 새들처럼 쉬지 않고, 마음을 산란하게 만드는 어둠 속에서 노래를 시작하는 것일까?

어째서 이런 베일이 세상에 던져진 것일까? 어째서 마음은 이렇게 떨리고, 영혼은 이렇게 감동되며, 육신은 이렇게 무기력해지는 것일까?

사람들이 잠자리에 들었기 때문에 아무도 보지 않는데, 왜 이런 유혹이 펼쳐지는가? 하늘이 땅에 던지는 이 숭고한 광경, 이 풍부한 시정(詩情)은 누구를 위한 것인가?

신부는 이해할 수가 없었다.

그런데 그때 저쪽 풀밭 가장자리에, 빛나는 안개에 잠긴 나무숲 아래로 나란히 걷고 있는 두 그림자가 나타났다.

키가 큰 남자가 여자친구의 목덜미에 손을 얹었으며, 이따금 그녀의 이마에 입을 맞췄다. 그러자 그 움직이지 않던 풍경이 그들로 인해 갑자기 활기를 띠었다. 마치 그들을 위해 마련된 신성한 배경처럼 그들을 에워싸는 것이었다. 그들 두 사람은 한 사람처럼 보였으며, 바로 그 사람을 위해 이 고요하고 조용한 밤이 마련된 것 같았다. 그리고 그들은 살아 있는 대답처럼, 주님이 그의 의문에 던져주는 대답처럼 사제를 향해 다가오고 있었다.

그는 심장이 뛰고, 깜짝 놀라 그대로 서 있었다. 룻과 보아스의 사랑 같은, 성서에 나오는 그 무엇을 보고 있는 것처럼 생각되었다. 그것은 성서에 나오는 저 위대한 무대 장치 중 하나에서 하느님의 뜻이 실현되고 있는 것과도 같았다. 그의 머릿속에서는 아가(雅歌)의 구절이, 격정의 고함이, 육체의 호소가, 애정으로 불타는 그 시편의 뜨거운 시정이 들끓기 시작했다.

그는 혼잣말을 했다.

"하느님은 인간들의 사랑을 이상적으로 가리기 위해 이런 밤을 만드셨나보다."

그는 여전히 걷고 있는, 이 포옹한 한 쌍 앞에서 뒷걸음질쳤다. 두 사람 중 한 명은 그의 조카딸이었다. 그는 지금 자신이 하느님을 거역하려고 하는 것은 아닌지 자문해보았다. 과연 하느님이 사랑을 조금도 허락하지 않은 걸까? 그처럼 확연히 화려한 빛으로 사랑을 감싸놓는 것을 보면 말이다.

그는 마치 자기가 들어갈 권리가 없는 어떤 신전에 깊숙이 들어가기라도 한 것처럼 부끄러움을 느끼며 정신없이 달아나고 말았다.

어느 미망인

사냥이 한창이던 계절의 어느 날, 반빌 성에서 들은 이야기다. 그해 가을에는 유난히 비가 자주 내렸고, 구슬펐다. 붉게 물들어 떨어진 가랑잎은 밟아도 바스락 소리를 내지 않고 퍼붓는 소나기를 맞아 고랑창에서 썩어가고 있었다.

숲은 거의 벌거숭이가 되었으면서도 목욕탕처럼 축축했다. 숲속으로 들어가 돌풍이 휘몰아치고 지나간 커다란 나무들 밑에 서면 빗물과 젖은 풀, 흙에서 피어오르는 수증기가 곰팡이 냄새와 함께 휘감겼다. 그칠 줄 모르는 비를 맞으며 웅크리고 있던 사냥꾼들과, 털이 옆구리에 들러붙고 기운이 빠져 꼬리가 축 처진 사냥개들, 그리고 몸의 윤곽이 드러나도록 꼭 끼는 데다 비에 젖은 옷을 입은 젊은 여자 사냥꾼들은 저녁마다 몸과 마음이 지친 상태로 돌아오곤 했다.

저녁 식사가 끝나고 넓은 응접실에서 복권 놀이를 했지만 별로 재미가 없었다. 그동안에도 바람은 요란한 소리를 내며 덧창을 후려치고 지붕 위의 낡은 바람개비를 팽이처럼 돌렸다. 그럴 때면 여러 책에 나오는 것처럼 돌아가며 옛날 이야기를 하고 싶다고들 했다. 그러나 아무도 재미있는 이야기를 지어내지 못했다. 사냥꾼들은 총질을 하다 겪은 사건이나 토끼들을 도륙한 이야기를 늘어놓는 것이 고작이었고, 여인들은 아무리 머릿속을 후벼파도, 셰헤라자드(아라비아 문학의 백미인 《천일야화》에 등장하는 인물로, 왕비에게 배반당한 왕을 위로하기 위해 재미있는 이야기를 천 하루 동안 계속 들려줌—옮긴이)의 상상력을 결코 발휘하지 못했다.

그 놀이 또한 포기하려던 바로 그때, 평생 처녀로 지낸 늙은 숙모의 손을 장난삼아 만지작거리던 젊은 여인의 눈에 금발머리를 꼬아 만든 작은 반지가 들어왔다. 평소 숙모가 끼고 다니는 것을 자주 보았지만, 별 생각 없이 봐넘기던 반지였다.

　　그녀는 숙모의 손가락에 끼어 있는 반지를 부드럽게 돌리면서 숙모에게 물었다.

　　"어머나, 숙모님. 이건 무슨 반지예요? 어린아이 머리카락으로 만든 것 같은데……."

　　노처녀의 얼굴이 붉어졌다가 다시 창백해졌다. 그러더니 떨리는 목소리로 말했다.

　　"너무나 슬픈 사연이라 말하고 싶지 않아. 내 인생의 모든 불행이 이 반지에서 비롯되었지. 아주 젊었을 때의 일이건만, 지금도 그 생각을 하면 너무 고통스러워서 눈물이 나."

　　모두들 곧장 그 이야기를 듣고 싶어했다. 그러나 숙모는 좀처럼 응하려 하지 않았다. 사람들이 다시 간곡히 청하자, 결국 그녀가 사연을 들려주기로 했다.

지금은 대가 끊긴 상테즈 가문에 대해 내가 자주 이야기하는 것을 모두들 알고 있을 거예요. 나는 그 가문의 마지막 세 남자를 잘 알고 있어요. 세 남자 모두 같은 식으로 세상을 떠났죠. 이 머리카락이 마지막 남자의 것이에요. 그가 나 때문에 자살한 것은 그의 나이 열세 살 때였어요. 기이한 일이라고들 생각할 거예요. 그렇지 않아요?

오! 기이한 사람들이었어요. 이를테면 미친 사람들이었죠. 하지만 사랑 때문에 미친, 매력적인 광인들이었어요. 모두들 대를 이어 격렬한 사랑에 빠졌죠. 사람들을 열광적인 행위나 광신적인 헌신, 심지어 범행으로까지 이끌어가는 충동적인 사랑이었어요. 그들에게 사랑이란 특정 부류의 사람들에게서 발견되는 열성적인 신앙과도 같았어요.

＊트라피스트회 : 1664년 프랑스 노르망디 주의 라 트라프(La Trappe) 수도원이 세운 가톨릭 분파로, 기도와 침묵, 정진, 노동을 강조하는 엄격한 수도회. 속세와 단절한 채 금역(禁域)에서 공동 생활을 하며, 농업과 목축 등 노동에 종사하면서 장엄한 의식을 통해 하느님께 기도하고, 이른 아침에 일어나 성무일도(聖務日禱)를 외우며, 육류를 먹지 않고 침묵을 원칙 삼아 온종일 엄격하게 지냈다.

트라피스트회* 수도사가 된 사람들과 사교계나 쏘다니는 사람들의 본성이 같을 수는 없죠. 친지들은 '상테즈 가문 사람처럼 사랑하는'이라는 표현을 자주 쓰기도 했는데, 그 사람들을 직접 보면 그 말의 의미를 금세 깨달을 수 있었죠. 그 가문 사람들은 모두 이마를 덮을 만큼 낮게 드리워진 곱슬머리였고, 수염 또한 불에 지진 듯 심하게 꼬불꼬불했으며, 특히 커다란 눈에서 발산되는 빛은 내면까지 파고들어가 왠지 알지도 못한 채 마음을 뒤흔들어놓는 그런 것이었죠.

내게 이 유일한 유품을 남긴 사람의 조부님께서는 숱한 여인들과 사랑에 빠져 함께 멀리 도망다니고 결투도 하며 파란만장한 젊은 시절을 보내다가, 예순다섯 살을 전후로 당신 소작인의 딸을 열렬히 사랑하게 되었어요. 두 분 모두 내가 직접 아는 분이었어요. 소작인의 딸은 금발 머리에 얼굴이 하얗고 기품이 있었죠. 어조는 느리고 음성은 나긋나긋한 데다 그 시선은 너무나, 너무나 부드러워서 성모 마리아의 시선이라고 해도 될 정도였어요. 나이가 많은 상전께서 그녀를 데려가셨는데, 이내 그녀에게 사로잡혀 한시도 그녀 곁을 떠나지 않았지요. 같은 저택에 살던 따님이나 며느님도 그것을 당연하게 여기셨죠. 사랑에 빠지는 것이 가문의 전통이었으니까요. 정열에 관한 거라면 어떠한 일도 두 여인을 놀라게 하지 못했어요. 방해받은 연정이나 헤어진 연인, 배신에 이어진 복수 등에 관한 이야기를 들어도 두 여인은 똑같이 연민을 표할 뿐이었어요.

"오! 그 지경에 이르기까지 얼마나 괴로웠을까!"

그러고는 더 이상 아무 말도 하지 않았어요. 두 여인은 사랑 때문에 빚어진 비극을 가엾어 할 뿐 분개하는 일은 없었죠. 그 비극이 죄를 범하는 것이라 해도 마찬가지였어요.

그런데 어느 해 가을, 사냥에 초대된 드 그라델이라는 젊은이가 소작인의 딸을 유혹해 데리고 떠났죠.

상테즈 씨는 아무 일도 없었다는 듯 태연했어

요. 그러나 어느 날 아침, 사냥개 우리 안에서 목이 매달린 채 발견되었지요.

그분의 아드님 역시 같은 방법으로 세상을 떠났어요. 1841년, 파리에 여행을 가셨다가 오페라 여가수에게 배신당한 뒤 호텔에서 자살하셨죠.

그분에게는 열두 살 된 아이 하나와 부인이 있었는데, 그 부인이 바로 내 어머니와 자매 간이셨어요. 홀로 된 이모님께서는 어린아이를 데리고 베르티용에 있는 우리 영지로 오셔서 함께 사셨죠. 그때 나는 열일곱 살이었어요.

여러분은 상테즈 가문의 그 어린아이가 얼마나 조숙했는지 상상도 할 수 없었을 거예요. 그 혈통의 모든 애정 능력과 열광이 가문의 마지막 남자였던 그 아이에게 집결되어 있었다 할 만했죠. 그는 항상 몽상에 잠겨 있었어요. 그리고 저택에서 숲으로 이어지는 느릅나무 가로수 길을 홀로 산책하곤 했어요. 나는 내 방 창문에서 그 감상적인 소년을 바라보곤 했지요. 뒷짐을 지고 고개를 푹 숙인 채 엄숙한 발걸음으로 걷다가, 가끔 우뚝 멈춰 서서 눈을 들고 먼 곳을 바라보았어요. 그 나이에 전혀 어울리지 않는 일들을 발견하고 이해하며 느끼는 것 같았어요.

저녁 식사가 끝나고 달빛이 밝은 날이면 그가 나한테 제의했어요.

"누나, 우리 몽상에 잠기러 가요……"

그리고 우리 두 사람은 정원으로 나갔어요. 나무가 없는 공터를 만나면 그가 문득 걸음을 멈추었지요. 달밤이면 숲 속의 빈터를 장식하는 솜 덩어리, 즉 하얀 안개 자락이 둥둥 떠다니고 있었어요. 그가 내 손을 꼭 쥐며 말했어요.

"저것 좀 봐. 저것을 잘 보란 말이야. 하지만 누나는 내 말을 알아듣지 못하는 것 같아. 그런 느낌이 들어. 누나가 내 말을 이해하기만 하면 우리 모두 행복해질 텐데. 그것을 이해하려면 사랑을 해야 돼."

그런 말을 들을 때마다 나는 웃으며 그 철부지 소년을, 나를 죽도록 아끼고 좋아하던 그 소년을 두 팔로 다정하게 감싸 안곤 했어요.

또 어느 날엔 저녁 식사를 마친 후 우리 어머니의 무릎 위에 올라앉아 졸랐지요.

"이모님, 어서요. 사랑 이야기를 들려주세요."

그럴 때마다 어머니께서 농담 삼아 그 가문의 숱한 전설, 조상들의 열렬했던 사랑 이야기를 들려주시곤 했죠. 사실이든 꾸며낸 이야기든 전해 내려오는 사랑 이야기가 무수히 많았으니까요. 이야기에 등장하는 남자들은 모두 그들의 평판 때문에 목숨을 잃었어요. 그들은 자살하지 않은 스스로에게 분개한 나머지, 가문의 명성이 헛소문이 아님을 입증해 자신도 영광의 반열에 오르고자 했던 거죠.

어린 소년은 감미롭기도 하고 끔찍하기도 한 그 이야기들을 들으며 열광했죠. 어떤 때는 손뼉을 치며 거듭 소리 질렀어요.

"나도, 나도 그분들보다 더 뜨겁게 사랑할 줄 알아요!"

그 무렵, 그가 나에게 구애를 하기 시작했어요. 수줍고 애정 깊은 구애였으나 그의 하는 짓이 어찌나 재미있던지 집안사람들이 모두 웃어넘겼죠. 아침마다 나는 그가 손수 꺾어온 꽃을 받았고, 저녁이면 자기 침실로 올라가기 전에 그가 내 손에 입을 맞추며 속삭이곤 했어요.

"그대를 사랑하오!"

내가 죄인이에요. 정말 내 잘못이었어요. 그래서 지금까지도 눈물을 흘리는 거예요. 또 평생 그 일을 참회하며 처녀로 늙었어요. 아니, 차라리 그 소년의 미망인으로, 약혼만 했던 미망인으로 늙었다고 해야겠군요. 나는 그 어린아이다운 애정을 재미있어 했고, 심지어 그 애정을 자극하기도 했어요. 나는 한 남자에게 하듯이 그의 앞에서 교태를 부리고 유혹하는가 하면, 상냥하게 굴다가는 변덕을 부리곤 했죠. 결국 그 어린 것을 미쳐버리게 만든 거예요. 나에게는 그저 장난에 불과했고, 그의 어머니나 내 어머니에게는 즐거운 파적거리일 뿐이었죠. 그의 나이 겨우 열두 살이었어요! 생각해봐요! 그 어린것의 정염을 누가 진지하게 받아들이겠어요! 나는 그가 원하는 대로 포옹해주었고, 연서들을 써서 그에게 주기도 했어요. 물론 우리 어머니들도 그 연서들을 읽으셨어요. 그는 연서를 받을 때마다 나에게 답장을 썼지요. 불같이 뜨거운 편지들이었고, 지금도 간직하고 있답니다. 그는 자신이 성숙한 남자라고 생각했기에, 우리의 애정이 비밀 속에 감춰져 있었던 것으로 믿었어요. 우리 모두, 그가 상테즈 가문의 혈통을 이어받았다는 사실을 잊었던 거예요! 그렇게 거의 한 해가 흘렀어요. 어느 날 저녁, 정원에서 그가 나의 무릎을 부여안고 털썩 주저앉더니 미친 듯한 열정을 가누지 못하고 내 치맛자락에 입을 맞추며 절규하듯이 되풀이해 말했어요.

"그대를 사랑해요. 사랑해요. 죽도록 사랑해요! 만약 그대가 나를 배신하면……. 무슨 뜻인지 알죠? 만약 다른 남자 때문에 나를 버리면, 나 역시 아버지처럼 할 거예요."

그리고 그는 소름이 끼치도록 가슴 깊은 곳에서 우러나오는 목소리로 말했지요.

"그가 무슨 일을 했는지 누나는 잘 알고 있잖아

요!"

내가 말문이 막혀 아무 말도 하지 못하고 서 있는데, 그가 다시 일어서더니 자기보다 키가 큰 나의 귀에 발끝으로 서서 소곤거렸어요. "쥬느비에브!" 하며 내 이름을, 내 애칭을 불렀죠. 그 음성이 어찌나 부드럽고 귀엽고 다정하던지, 발끝까지 전율이 내 몸을 감쌌어요.

내가 더듬거리며 말했어요.

"안으로 들어가자. 그만 들어가자!"

그는 더 이상 아무 말도 하지 않고 내 뒤를 따라왔어요. 그러나 현관 앞 계단을 오르려는 순간, 그가 나를 불러 세우며 말하더군요.

"그대가 만약 나를 버리면, 나는 죽어버리겠어요."

이번에는 나도 일이 너무 커졌음을 깨달았고, 그 후로는 언행에 조심했죠. 그는 나의 그런 변화에 못마땅해 했어요. 나는 타이르듯 그에게 말했어요.

"이제 너는 농담을 하기엔 너무 나이가 들었고,

진지하게 사랑에 빠지기엔 아직 어리단다. 내가 기다릴게."

그럼으로써 별문제가 없을 줄 알았어요.

그해 가을, 그를 기숙 학교에 보냈어요. 다음 해 여름, 그가 돌아왔을 때, 나에게는 이미 약혼자가 생겼지요. 그는 즉시 모든 것을 알아챘고, 한 주일이 지나도록 줄곧 어찌나 심각한 표정을 하고 있던지, 나 역시 무척 불안했어요.

그가 돌아온 지 아흐레째 되는 날 아침, 잠자리에서 일어나려는 순간 나는 방문 밑으로 누군가가 밀어넣은 쪽지 하나를 발견했어요. 쪽지를 얼른 주워 펴보았죠.

"그대가 나를 버렸어. 내가 한 말의 뜻을 잘 알면서. 그대가 나에게 명령한 것은 나의 죽음이야. 내 시신이 그대 아닌 다른 사람에 의해 발견되는 것을 원치 않으니까. 지난해 내가 그대에게 사랑한다고 말한 바로 그 자리에 와서 공중을 쳐다봐."

나는 미칠 것만 같았어요. 허겁지겁 서둘러 옷을 입은 다음 내달렸죠. 그가 가리킨 장소까지 기진해 쓰러질 정도로 급히 달려갔어요. 그의 작은 학생 모자가 진흙에 나뒹굴고 있었어요. 밤새도록 비가 내린 탓이었지요. 눈을 들어 쳐다보니 나뭇잎 사이에서 뭔가가 흔들리고 있었어요. 바람이 유난히 거센 날이었죠.

그 뒤에는 내가 어떻게 했는지, 나 자신도 잘 모르겠어요. 우선 비명을 지르며 기절해 쓰러졌을 거예요. 그리고 아마 다시 일어나 저택으로 달려갔겠죠. 내가 다시 정신을 차린 것은 침대에서였는데, 어머니께서 머리맡에 앉아 계셨어요.

나는 그 모든 것이 끔찍한 착란 상태에서 꿈을 꾼 거라고 생각했어요. 내가 더듬거리며 입을 열었어요.

"그런데 그, 그 애는, 공트랑은?……"

아무도 내 말에 대답을 하지 않았어요. 꿈이 아니고 사실이었던 거죠.

나는 감히 그의 시신을 다시 볼 수가 없었어요.

대신 그의 금발 머리카락을 조금 잘라달라고 했어
요. 이것이…… 이것이…… 바로 그것이에요.

그렇게 말하면서 노처녀는 절망한 듯한 몸짓으
로 떨리는 손을 내밀었다.

그러고는 몇 번이고 코를 풀며 눈물을 닦더니
말을 이었다.

"그 후 나는…… 이유를 밝히지 않은 채…… 파
혼을 선언했어요. 그리고 줄곧 미망인으로…… 열
세 살 먹은 아이의 미망인으로 살아왔지요."

그녀는 고개를 푹 숙였고, 그렇게 한동안 깊은
생각에 잠긴 채 눈물을 흘렸다.

그리고 각자 침실로 가려는데 어느 뚱뚱보 사
냥꾼이 그 이야기에 마음이 산란해졌는지 옆에 있
던 사람의 귀에 입을 대고 소곤거렸다.

"그 정도로 감상적이니, 참으로 불행한 일이 아
닐 수 없군요!"

후회

망트 지방에서 '사발 영감'이라 불리는 사발이 방금 자리에서 일어났다. 비가 내리고 있었다. 쓸쓸한 가을날이었고, 나뭇잎이 떨어지고 있었다. 나뭇잎들은 비가 내리는 중에도 보다 굵고 보다 느린 또 하나의 비처럼 천천히 떨어졌다. 사발은 기분이 좋지 않았다. 그는 벽난로에서 창문으로, 창문에서 벽난로로 거닐었다. 살다 보면 침울한 날들이 있는 법이다. 그런데 지금의 그에게 삶은 우울한 날들뿐이다. 예순 두 살이기 때문이다! 그는 주위에 아무도 없는, 독신의 늙은 총각이다. 이렇게 외톨이로, 헌신적인 사랑 한 번 못해보고 죽어간다는 것은 얼마나 슬픈 일인가!

그는 헐벗고 공허한 자기 존재에 대해 생각해 본다. 그는 오래 전의 과거, 어린 시절의 과거 속에서 양친과 함께 지내던 집, 그 집을 떠올렸다. 중학교 생활, 졸업, 파리에서 법학을 공부하던 시절을 회상했다. 그리고 아버지의 병환과 죽음, 그는 돌아온 뒤 어머니와 함께 살았다. 그들 두 사람, 젊은 이와 늙은 여인은 더 이상 아무것도 욕심내지 않고 평화롭게 살았다. 그러다가 어머니 역시 돌아가셨다. 인생이란 얼마나 슬픈 것인가!

그는 혼자 남았다. 그리고 이제 머지않아 그도 죽을 것이다. 바로 그가 사라질 것이다. 그리고 끝이리라. 지상에 폴 사발은 더 이상 존재하지 않으리라. 얼마나 무서운 일인가! 다른 사람들은 계속 살아갈 것이고, 서로 사랑할 것이고, 웃을 것이다. 그렇다. 사람들은 즐길 것이고, 그는 더 이상 존재하지 않을 것이다! 사람들이 죽음이라는 이 영원한 확실성 아래에서 웃고, 즐기고, 기뻐할 수 있다는 것은 참으로 이상한 일이다. 만일 죽음이 그저 있을 법한 일이라면, 아직은 희망을 가질 수도 있으련만. 그러나 아니다. 그것은 피할 수 없다. 낮다음에 밤이 오는 것처럼 피할 수 없다.

만일 그의 인생이 가득 채워져 있었더라면! 만일 그가 뭐가 했더라면, 모험이라든지 커다란 쾌락, 성공, 온갖 종류의 만족을 맛보았더라면, 그러나 아니다. 아무것도 없다. 그는 아무것도 한 일이 없다. 매일 똑같은 시간에 일어나고, 먹고, 잠자리에 든 것 외에는 아무것도 해본 적이 없다. 그렇게 그는 예순두 살의 나이에 이른 것이다. 그는 다른 사람들처럼 결혼조차 하지 않았다. 왜 그랬을까? 그렇다, 왜 결혼을 하지 않았던가? 그는 결혼할 수도 있었다. 얼마만큼의 재산이 있었으니까. 기회가 없었던 것일까? 어쩌면 그랬을지도 모른다! 그러나 사람들은 스스로 만들어내지 않은가, 그 기회란 것을! 그가 무사태평했기 때문이다. 그뿐이다. 매사에 열의가 없는 것이 그의 큰 병이었고 결점이었으며 나쁜 버릇이었다. 얼마나 많은 사람이 무사태평으로 인생을 망치고 있는가! 어떠한 성격의 사람들에게는 일어나고, 움직이고, 거동하고, 말하고, 문제를 연구하는 것이 매우 어려운 일이다.

그는 사랑을 받아본 적도 없다. 어떠한 여자도 사랑에 완전히 빠져 그의 가슴에 기대어 잠든 적이 없다. 그는 기다림의 감미로운 고뇌도, 꽉 잡은 손의 신성한 떨림도, 승리한 정열의 황홀함도 경험하지 못했다.

입술이 처음 포개어질 때, 서로에게 미칠 듯이 빠진 두 존재가 네 팔을 휘감으며 꽉 껴안아서 더할 나위 없이 행복한 단 하나의 존재가 될 때, 그 얼마나 초인적인 행복이 마음에 넘쳐흐를 것인가.

사발은 실내복 차림으로 불에 발을 쬐며 앉아 있었다.

물론 그의 인생은 실패했다. 완전히 실패했다. 그러나 그도 사랑한 적이 있었다. 만사를 그렇게 했듯이, 그는 사랑도 남몰래, 괴롭게 그리고 안일하게 했다. 그 상대는 오랫동안 친구로 지낸 상드르 부인, 그러니까 예전부터 동료로 지낸 상드르의 부인이었다. 아! 그녀가 처녀일 때 알았더라면! 그러나 그는 그녀를 너무 늦게 만났다. 그녀는 이미 결혼한 여자였던 것이다. 그렇지 않았다면 분명히 그녀에게 청혼했을 텐데! 그녀를 처음 볼 때부터 얼마나 사랑해왔던가!

그는 그녀를 만날 때마다 느끼던 감동, 그녀와 헤어지면서 맛보던 슬픔, 그녀에 대한 생각 때문에 잠 못 이루던 밤들을 떠올렸다.

그러나 아침에는 항상 연정이 밤보다 약간 시들해진 상태로 깨어나곤 했다. 왜 그랬을까?

예전에 그녀는 참으로 예쁘고 상냥했으며, 금발에 곱슬머리였고 잘 웃는 여자였다! 상드르는 그녀에게 필요한 남자는 아니었다. 그녀는 지금 쉰여덟 살이다. 그녀는 행복한 듯했다. 아! 예전에 그녀가 그를 사랑했더라면, 그녀가 그를 사랑했더라면! 그런데 그녀는 왜 그를, 사발을 사랑하지 않았을까? 그가 그녀를, 상드르 부인을 그토록 사랑했는데도…….

그저 그녀가 그 무엇을 알아채기라도 했더라면, 그녀는 아무것도 알아채지 못하고, 아무것도 보지 못하고, 아무것도 이해하지 못했던 것일까? 당시 그녀는 어떤 생각을 했을까? 만일 그가 입 밖으로 표현했다면, 그녀는 어떤 반응을 보였을까?

그리고 사발은 다른 수많은 것들을 곱씹어보았다. 자기 생애를 회상했고, 수많은 세세한 일들을 기억하려고 애썼다.

상드르 부인이 젊고 그토록 매력적이었을 때, 상드르의 집에서 카드놀이를 하던 긴 밤들이 모두 생각났다.

그녀가 그에게 한 말들, 예전에 그녀가 지녔던 어조와 소리 없이 잔잔한, 수많은 생각을 자아내던 미소를 떠올렸다.

상드르가 군청 직원이었기 때문에, 일요일마다 센 강을 따라 셋이 산책하던 일이며, 풀밭에서 점심을 먹던 일들을 회상했다. 그러다가 갑자기 강가에 있는 작은 숲속에서 그녀와 함께 보낸 어느 오후의 추억이 선명하게 떠올랐다.

그들은 아침에 꾸러미에 먹을 것을 싸서 떠났다. 맑고 생기가 도는 나른한 봄날이었다. 모든 것에서 향기로운 냄새가 풍겼고, 모든 것이 행복해 보였다. 새들은 보다 즐겁게 지저귀었고, 더욱 빠르게 날갯짓을 했다. 태양으로 마비된 듯한 강물 바로 곁에 있는 버드나무 아래 풀밭에서 식사를 했다. 공기는 포근했고 수액 냄새로 가득했다. 황홀하게 그 공기를 들이마셨다. 그날은 얼마나 날씨가 좋았던가!

점심을 먹은 뒤 상드르는 벌러덩 누워 잠이 들었다. 잠에서 깨어나면서 그가 말했다.

"이렇게 잘 자본 적이 없었어."

상드르 부인은 사발의 팔을 잡았다. 그리고 그들 두 사람은 강을 따라 걸었다.

그녀가 그에게 기댔다. 그녀는 웃으면서 말했다.

"나 취했어요. 아주 취했다고요."

그는 그녀를 바라보며 가슴까지 떨리고 창백해짐을 느꼈고, 또한 자기의 눈이 너무 대담하지 않을까, 자기 손이 떨려서 비밀이 폭로되지 않을까 두려워했다.

그녀는 키가 큰 풀과 수련(睡蓮)으로 화관을 만들어 쓰고는 그에게 물었다.

"이렇게 하면 나를 사랑하시겠어요?"

그가 아무 대답도 하지 않자—무어라고 대답할 말을 찾지 못했기 때문이며, 차라리 그는 무릎을 꿇고 싶었다—그녀는 웃음을 터뜨렸다. 불만스러운 웃음이었다. 그러고는 "바보! 적어도 무슨 말이라도 해야 하잖아요!" 하고 정면으로 그에게 퍼부어댔다.

그는 단 한마디도 생각해내지 못해 울음이 터질 것 같았다.

이제 그 모든 것이 첫날과 마찬가지로 선명하게 떠올랐다. 왜 그녀는 그에게 "바보! 적어도 무슨 말이라도 해야 하잖아요!" 하고 말했을까?

그리고 그녀가 얼마나 부드럽게 자기에게 기댔는지를 떠올렸다. 기울어진 나무 아래를 지나면서 그는 자신의 뺨에 귀가, 그녀의 귀가 닿는 것을 느껐다. 그래서 그는 얼른 물러섰다. 그녀가 이 접촉을 고의적인 것으로 생각할까봐 두려웠기 때문이다.

"돌아가야 할 시간 아닌가요?" 하고 그가 말했을 때, 그녀는 이상한 시선으로 바라보았다. 확실히 그녀는 이상야릇한 표정으로 그를 쳐다보았다. 당시에는 그렇게 생각하지 않았지만, 지금은 그런 생각이 들었다.

"좋도록 하세요. 피곤하시다면 돌아가죠."

그가 대답했다.

"내가 피곤해서 그러는 것이 아닙니다. 어쩌면 지금쯤 상드르가 깨어났을지도 몰라서요."

그녀는 어깨를 으쓱하며 말했다.

"남편이 깨었을까봐 걱정이시라면 별문제죠. 돌아갑시다!"

돌아가면서 그녀는 말이 없었다. 그리고 그의 팔에 기대지도 않았다. 왜 그랬을까?

이 '왜'라는 것을, 그는 아직까지 자신에게 던져본 적이 없었다. 이제 그는 옛날에 전혀 이해하

후회 109

지 못했던 그 무엇을 알 것 같았다.

그렇다면……?

사발은 얼굴이 붉어지는 것을 느꼈다. 그리고
지금보다 서른 살이 젊은 상드르 부인이 "당신을
사랑해요!" 하고 그에게 말하는 소리를 듣기라도
한 것처럼 그는 깜짝 놀라 일어섰다.

그것이 있을 수 있는 일일까? 그의 영혼 속에 방
금 들어온 의혹이 그를 몹시 괴롭혔다. 그가 보지
도 못하고 알아채지도 못하다니, 어떻게 그럴 수
가 있을까?

오! 만일 그것이 사실이라면, 만일 그 행복을 붙
잡지 않고 지나쳐버렸다면!

그는 속으로 말했다.

'난 알고 싶다. 이 의혹 속에 그대로 있을 수는
없다. 난 알고 싶다!'

사발은 허둥지둥 옷을 챙겨 입고 나갈 채비를
했다. 그는 생각했다.

'나는 예순두 살이고, 그녀는 쉰여덟 살이다.
그러니 그것을 그녀에게 물어볼 수 있다.'

그는 밖으로 나갔다.

상드르의 집은 길 맞은편, 거의 그의 집 정면에
위치해 있었다. 그는 그곳에 이르렀다. 문 두드리
는 쇳소리에 어린 하녀가 문을 열어주었다.

그녀는 일찍 찾아온 그를 보자 놀란 표정을 지
었다.

"이렇게 일찍 오시다니요, 사발 씨. 무슨 일이
라도 있나요?"

사발이 대답했다.

"아니다, 얘야. 주인마님께 내가 당장 말씀드리
고 싶은 것이 있다고 전하렴."

"마님은 겨울에 쓸 저장품으로 배로 잼을 만들
고 계세요. 화덕에서요. 옷도 갈아입지 않으셨어
요."

"그래. 하지만 아주 중요한 일이라고 말씀드려
라."

어린 하녀가 갔다. 사발은 거실에서 큰 걸음으
로 안절부절 못하고 걷기 시작했다. 그러나 그는
거북하게 느껴지지 않았다. 아! 그는 요리법이라

도 물어보려는 것처럼 그녀에게 그것을 물어보려는 것이다. 그가 예순두 살이기 때문이다!

문이 열리고 그녀가 나타났다. 그녀는 이제 포동포동한 볼에 소리를 내어 웃는, 덩치 크고 뚱뚱한 여자였다. 그녀는 몸에서 멀찍이 손을 벌리고, 달콤한 과일즙이 끈적하게 묻어 있는 맨팔 위로 소맷자락을 걷어붙이고 걸어왔다. 그녀가 불안한 표정을 지으며 물었다.

"어쩐 일이세요? 편찮으신 것 아니세요?"

그가 대답했다.

"아니요, 부인. 그러나 나로서는 대단히 중요하고 또 내 마음을 몹시 괴롭히는 것에 대해 묻고 싶소. 솔직하게 대답하겠다고 약속해주시겠소?"

그녀가 미소를 지었다.

"난 언제나 솔직하답니다. 말씀하세요."

"좋소. 난 당신을 처음 본 그날부터 당신을 사랑했소. 그걸 알고 있었소?"

그녀는 웃으면서 옛날의 그 억양과 비슷한 어떤 것을 담아 대답했다.

"바보! 난 첫날부터 그걸 알았는데!"

사발은 떨리기 시작했다. 그가 더듬거리며 말했다.

"그걸 알고 있었다고요? 그럼……."

그리고는 그는 입을 다물었다.

그녀가 물었다,

"그럼이라니, 무엇인가요?"

그가 대답했다.

"그럼…… 어떻게 생각했소? 뭐라고…… 뭐라고 당신은 대답했을까요?"

그녀는 더욱 큰 소리로 웃었다. 몇 방울의 시럽이 그녀의 손가락 끝에서 흘러 마룻바닥 위로 떨어졌다.

"내가요? 하지만 당신은 내게 아무것도 묻지 않았는걸요. 의사 표현을 해야 할 사람은 내가 아니잖아요!"

그가 그녀를 향해 한 걸음 나아갔다.

"말해주세요…… 말해주세요…… 상드르가 점심을 먹고 나서 풀밭에서 잠이 든 그날…… 우리

가 함께 강물의 굽이까지 걷던 그날이…… 생각나
죠……."

그는 기다렸다. 그녀는 웃음을 멈추고 그의 눈
을 바라보았다.

"물론이고말고요. 생각납니다."

그는 떨면서 다시 말을 이었다.

"그럼…… 그날…… 만일 내가…… 만일 내가
대답했더라면…… 당신은 어떻게 했을까요?"

그녀는 아무 후회 없는 행복한 여자로서의 미
소를 지었다. 그리고 솔직하게, 아이러니가 섞인
분명한 목소리로 대답했다.

"굴복했겠죠."

그런 다음 발꿈치를 돌려 잼이 있는 곳으로 사
라졌다.

사발은 천재지변을 당한 것처럼 깜짝 놀라 다
시 거리로 나왔다. 비가 내리고 있었는데도 큰 걸
음으로 똑바로 걸어갔고, 자기가 어디로 가고 있
는지도 생각지 않고 강 쪽으로 내려갔다. 강둑에
다다르자, 그는 오른쪽으로 돌아 둑을 따라갔다.

마치 본능에 떠밀려가듯이 오랫동안 걸었다. 옷은 빗물에 흥건히 젖었고, 넝마 조각처럼 일그러져 물렁물렁해진 모자에서는 처마처럼 빗물이 방울방울 떨어졌다. 그는 줄곧 앞으로 걸어갔다. 이윽고 추억이 그의 마음을 몹시 괴롭히는, 먼 옛날 그들이 점심을 먹던 장소에 이르렀다.

그는 벌거벗은 나무 아래에 앉았다. 그리고 눈물을 흘렸다.

행복

저녁 나절, 차를 마실 시간이었다. 그러나 아직 등불을 밝히기 전이었다. 별장은 바다가 내려다보이는 곳에 있었다. 이미 사라진 태양은 지나가면서 황금 가루를 문질러놓아 하늘을 온통 불그레하게 만들었다. 그리고 지중해는 물결 하나, 떨림 하나 없이 미끈하며 석양을 받아 아직도 반짝이는데, 마치 한없이 크고 잘 닦인 금속판 같았다. 멀리 오른쪽에는 톱니 모양의 산들이 석양이 남긴 창백한 주홍빛을 배경으로 검은 윤곽을 그려냈다.

사람들은 오늘도 사랑 이야기를 했다. 그 오랜

주제로 입씨름을 하며, 이미 무수히 반복되었던 이야기를 되풀이하고 있었다. 황혼의 부드러운 우수가 사람들의 어조를 느릿하게 만들었으며, 각자의 영혼에 측은한 마음이 감돌게 했다. 그리고 끊임없이 들려오는 '사랑'이라는 말이 어떤 때는 남자의 힘찬 음성에, 어떤 때는 여인의 가벼운 음색에 실려와 작은 응접실을 가득 채우고 새처럼 이리저리 날아다니며 정령처럼 떠도는 것 같았다.

여러 해에 걸쳐 지속적으로 사랑할 수 있을까? 그것이 토론의 주제였다. 어떤 사람들은 그럴 수 있다고 주장하는 반면, 다른 사람들은 그럴 수 없다고 했다.

경우를 구분하기도 하고, 사랑의 유형을 나누기도 하며, 여러 실례를 인용하기도 했다. 그러나 남녀를 불문하고 모두가 새삼 동요되고 감격한 듯했다. 그들은 입술까지 올라왔으되 차마 털어놓을 수 없는, 문득 돌출해 마음을 어지럽히는 추억들에 푹 빠져 있었다. 그러면서 두 사람 사이에 이루어지는 포근하고 신비스러운 동의에 대해, 가장 진부하면서도 지고의 가치를 지니고 있는 사랑이란 것에 대해 깊은 감동과 열렬한 관심을 보이며 입씨름을 하고 있었다.

그런데 별안간 누군가가 먼 곳을 유심히 바라보며 소리쳤다.

"오! 저길 좀 봐요. 저게 뭐죠?"

수평선 끝 바다 위로 회색 덩어리 하나가 불쑥 솟아 있었다. 거대하면서도 형체가 희미한 것이었다.

여인들이 모두 일어나 그것을 바라보았다. 하지만 한 번도 본 적이 없는 그 놀라운 물체가 무엇인지 도무지 알 수 없었다.

그때 어떤 이가 나섰다.

"저것은 코르시카 섬입니다! 대기 조건이 아주 예외적일 때, 한 해에 두세 번쯤 저렇게 저 섬이 보입니다. 대기의 투명도가 완벽해서, 저 수증기로 만들어진 안개가 먼 곳을 가리지 못할 때 그렇게 되죠."

희미하게나마 산봉우리들이 보였고, 정상에는

눈이 쌓인 것 같았다. 그리하여 모든 사람들이 바다에서 솟아오른 그 유령, 그 다른 세계의 뜻하지 않은 출현에 놀라고 동요되어 거의 공포감에 사로잡혔다. 콜럼버스처럼 전인미답의 대양을 가로질러 항해하던 사람들도 유사한 환영을 보았을 것이다.

그때까지 아무 말도 하지 않고 있던 노신사가 입을 열었다.

"여러분, 지금 우리들이 이야기하고 있는 것에 대해 응답하고, 또 기이한 추억을 저에게 일깨워 주려는 듯 우리 앞에 불쑥 모습을 드러낸 저 섬에서 저는 한결같은 사랑, 믿을 수 없을 만큼 행복한 사랑의 전형을 직접 보았습니다. 그 사랑의 내막은 이렇습니다."

저는 5년 전에 코르시카 섬으로 여행을 떠났습니다. 비록 오늘처럼 가끔 프랑스의 해안에서도 그 섬이 보이긴 하지만, 그 야성의 섬은 아메리카보다도 오히려 우리에게 덜 알려져 있으며 더 먼 곳에 있습니다.

아직도 태초의 혼돈 상태에 있는 세계, 급류가 흐르는 무수한 협곡들에 의해 찢긴 거친 산악 지방을 상상해보십시오. 평지라고는 전혀 없고, 화강암과 잡목 숲이나 밤나무와 소나무로 뒤덮인 높다란 숲이 연이어 거대한 파도를 이루고 있을 뿐입니다. 비록 산꼭대기에 바위 무더기 같은 마을들이 가끔 눈에 띄기는 하지만, 코르시카는 아직 경작인의 손길이 닿지 않아 황폐한 처녀지입니다. 농사도, 산업도, 어떤 인위적인 것도 없는 곳입니다. 수공이 가해진 나무토막 하나, 석수장이의 끝이 닿은 돌조각 하나 볼 수 없는 곳입니다. 우아하고 아름다운 것들에 대한 선조들의 세련된 취향이 담긴 유적을 하나도 찾아볼 수 없는 곳입니다. 우리가 예술이라는 이름으로 부르는 매력적인 형태를 추구하는 노력에 대해 대대로 무관심해온 것이야말로 그 아름답고 혹독한 고장의 가장 큰 특징입니다.

이탈리아, 즉 걸작품으로 가득한 저택들 자체

가 걸작품이며, 대리석과 목재와 청동과 철, 그리고 모든 금속과 돌이 인간의 재능을 증명하고, 고색창연한 집 안 여기저기에 굴러다니는 골동품들이 우아함을 추구하던 신성한 관심을 증언해주는 나라, 이곳 이탈리아는 우리 모두의 성스러운 모국입니다.* 우리가 이탈리아를 사랑하는 것은 그 고장이 우리들에게 창조적 지성의 위대함과, 힘과 승리를 보여주고 입증하기 때문입니다.

그런데 이탈리아를 마주보고 있는 야생의 코르시카는 태곳적 그대로 남아 있습니다. 그곳 사람들은 조잡하게 만든 집에서 살며, 자신의 생존이나 가문 간의 갈등에 연관된 것이 아니면 도통 무관심합니다. 그리하여 그곳 사람들은 미개한 종족의 단점과 장점을 아울러 가지고 있습니다. 난폭하고, 증오심에 이글거리며, 무심하게 살육을 자

---

*여러 나라의 각축장이었던 코르시카는 프랑스령이 되기 전 제네바령이었다. 이탈리아의 영향을 많이 받았고, 지금도 프랑스로부터 독립하고 싶어한다. 이 섬에는 현재까지 공장도 산업 시설도 없으며, 프랑스 유네스코 자연 유산으로 지정되어 있다. '아름다움의 섬'이라고도 불린다.

행하는 반면, 손님에게 후하고, 관대하며, 헌신적이고, 순진해서 나그네를 맞음에 인색하지 않고, 자기들에게 아주 작은 친밀함만 보여도 변함없는 우정을 허락합니다.

그래서 저는 한 달 동안 세상의 끝에 와 있다는 느낌에 사로잡혀 그 멋진 섬 이곳저곳을 쏘다녔습니다. 여인숙도, 선술집도, 도로도 없었습니다. 산허리에 매달려 있는 작은 마을에 들어가려면 노새들이 다니는 오솔길을 이용하며, 마을에 이르면 저 아래 까마득히 꿈틀거리는 심연이 내려다보이고, 그 심연으로부터 저녁이면 적막을 뚫고 지속적인 소음이, 즉 급류의 멍멍하고도 깊은 소리가 올라옵니다. 마을에 도착한 다음, 아무 집에나 가서 문을 두드립니다. 그러고는 잠자리와 먹을 것을 청합니다. 그렇게 해서 소박한 식탁에 앉고 소박한 지붕 아래에서 잠을 청합니다. 다음 날 아침이면 주인이 악수를 청하고 나그네를 마을 끝까지 배웅합니다.

그런데 어느 날 저녁, 열 시간을 걸은 끝에 저는

어느 좁은 골짜기 후미진 곳에 있는 외딴집에 도착했습니다. 조금만 더 가면 바다에 면한 낭떠러지가 나오는 곳이었습니다. 잡목들과 무너진 바위 그리고 키가 큰 나무들로 덮인 경사 급한 능선 둘이, 그 애처롭도록 쓸쓸한 협곡을 우중충한 성벽처럼 에워싸고 있었습니다.

그 외딴 초가집 주위에는 포도 넝쿨 몇 그루와 채마밭이 있었고, 조금 멀리 떨어진 곳에 큰 밤나무 몇 그루가 보였는데 그만하면 연명은 할 수 있을 것 같았습니다. 아니, 그 가난한 고장에서는 상당한 재산이었습니다.

저를 맞아준 노파는 근엄해 보였고, 보기 드물게 정갈했습니다. 짚으로 만든 의자에 앉아 있던 남자는 제게 인사를 하기 위해 일어섰다가 말없이 다시 앉았습니다. 노파가 제게 말했습니다.

"저분의 결례를 용서하세요. 이젠 아무 소리도 듣지 못하십니다. 여든두 살이거든요."

그녀는 정식 프랑스어로 말했습니다. 저는 몹시 놀랐습니다.

그녀에게 물어보았습니다.

"코르시카 분이 아니시죠?"

그녀가 대답했습니다.

"그렇습니다. 저희들은 대륙에서 왔습니다. 하지만 이곳에 산 지 50년이나 되었습니다."

사람이 사는 도시에서 이토록 멀리 떨어진, 이 어두운 구석에서 보낸 50년, 그것에 생각이 미친 순간 극도의 불안과 공포가 저를 사로잡았습니다. 얼마 후 늙은 목동 한 사람이 돌아왔습니다. 그리하여 식탁에 둘러앉았는데, 음식은 단 한 가지였습니다. 감자와 비계, 양배추를 함께 넣고 끓인 걸쭉한 수프였습니다.

짧은 식사 시간이 끝난 후, 저는 출입문 밖으로 나가서 앉았습니다. 음울한 풍경에 서려 있는 우수가 제 가슴을 조였고, 구슬픈 저녁에 적막한 곳에서 가끔 나그네를 엄습하는 절망감이 저를 짓눌렀습니다. 그러한 순간에는 모든 생명과 온 우주가 곧 끝날 것 같아 보입니다. 또 삶의 끔찍한 참상과 절대적 고립, 일체의 허망함, 그리고 헛된 꿈으

로 스스로를 달래고 속이려 몸부림치는 죽을 때까
지의 처참한 고독 등을 문득 발견합니다.

　노파가 제 곁으로 다가와 앉았습니다. 그리고
체념의 극에 이른 영혼 깊숙한 곳에서도 여전히
살아남은 호기심을 견디지 못한 듯 제게 물었습니
다.

　"보아하니 프랑스에서 오신 것 같군요."

　"그렇습니다. 그저 좋아서 여행을 떠났습니
다."

　"혹시 파리에서 오셨습니까?"

　"아닙니다. 낭시에서 왔습니다."

　문득 엄청난 격정이 그녀를 뒤흔드는 것 같았
습니다. 제가 그 사실을 어떻게 알았는지, 아니 느
끼게 되었는지는 저 자신도 모르겠습니다.

　그녀가 천천히 말했습니다.

　"닝시에서 오셨다고요?"

　남자가 문간에 모습을 나타냈습니다. 귀먹은
사람들이 그렇듯이 무심한 표정이었습니다.

　여인이 다시 말했습니다.

"신경 쓰지 말아요. 전혀 듣지 못하십니다."

그러고는 잠시 후 다시 물었습니다.

"그렇다면 낭시에 사는 사람들을 많이 아시겠군요?"

"물론이죠. 거의 다 압니다."

"생알레즈 집안 사람들도 잘 아시나요?"

"아주 잘 압니다. 제 아버님의 친구분이십니다."

"존함을 말씀해주실 수 있겠습니까?"

저는 이름을 밝혔습니다. 그녀가 저를 뚫어지게 바라보더니 추억이 일깨워놓은 나지막한 음성으로 말했습니다.

"그래요. 맞아요. 지금도 또렷이 생각나요. 브리즈마르 집안 사람들은 어떻게 되었나요?"

"모두 작고하셨습니다."

"아! 그러면, 시르몽 집안 사람들은? 그분들을 아십니까?"

"예, 잘 압니다. 그 댁 막내 아드님은 장군이 되셨습니다."

그러자 감동과 괴로움, 뭐라고 표현할 수 없는 강력하고 신성하되 모호한 감정, 그때까지 가슴 깊이 감추고 있던 모든 것과 그녀의 영혼을 뒤흔들어놓은 사람들에 대해 죄다 털어놓고 고백하고 싶은 어떤 욕구 때문이었는지, 그녀가 떨리는 목소리로 말했습니다.

"그래요. 앙리 드 시르몽이죠. 그를 잘 알아요. 제 남동생이거든요."

 저는 너무 놀라 넋을 잃은 채 눈을 들어 그녀를 바라보았습니다. 그러자 문득 지난 일들이 뇌리에 되살아났습니다.

 벌써 오래전, 로렌 지방의 상류 사회에서는 그 것이 떠들썩한 사건이었습니다. 부유한 집안의 아름다운 처녀였던 쉬잔 드 시르몽이라는 아가씨가 어떤 기병대 하사관과 함께 도주를 감행했는데, 그 하사관은 아가씨 부친이 지휘하던 연대에 복무하던 사람이었습니다.

 연대장의 딸을 유혹한 그 하사관은 이름 없는 농사꾼의 아들이었는데, 용모가 수려했고 특히 푸른 군복이 잘 어울렸습니다. 기병대 분열식 때 아가씨가 그를 보게 되었고 결국 그를 사랑하게 된 것 같습니다. 하지만 아가씨가 어떻게 그에게 말을 건넸는지, 두 사람이 어떻게 만났는지, 그리고 어떻게 뜻이 맞았는지는 아무도 모릅니다. 그녀가 어떻게 자기의 연정을 선뜻 그에게 전했는지, 그것 또한 지금까지 수수께끼로 남아 있습니다.

짐작도, 예감도 못했던 일입니다. 어느 날 저녁, 일과를 마친 후 청년이 그녀와 함께 사라져버렸습니다. 두 사람을 백방으로 찾았으나 종적이 묘연했습니다. 끝내 소식이 없자, 사람들은 그녀가 죽었을 거라고 생각했습니다.

그런데 제가 그녀를 이 음산한 골짜기에서 만난 것입니다.

제가 다시 이야기를 시작했습니다.

"그렇습니다. 당시의 일을 저도 생생히 기억하고 있습니다. 부인께서 바로 그 쉬잔 아가씨죠?"

그녀가 머리를 끄덕였습니다. 눈물이 주르륵 흘렀습니다. 그러고는 오막살이 문간에 꼼짝도 하지 않고 서 있는 노인을 눈짓으로 가리키며 말했습니다.

"저분이 그 하사관입니다."

순간 저는 그녀가 그를 여전히 사랑하고 있으며, 아직도 그를 매혹의 눈초리로 바라보고 있음을 직감했습니다.

제가 물었습니다.

"그래도 행복하셨죠?"

가슴에서 우러나오는 목소리로 그녀가 대답했습니다.

"오! 그래요. 아주 행복했습니다. 저분이 저를 행복하게 해주었어요. 단 한 번도 후회하지 않았어요."

저는 한편 슬프면서도 그 사랑의 힘에 놀람과 경이로움을 느끼며 그녀를 바라보았습니다! 지체 높고 부유한 집안의 딸이 농사꾼의 아들을 따라나섰습니다. 그리고 스스로 농사꾼의 아내가 되었습니다. 아무 매력도, 호사스러움도, 섬세함도 없는 농사꾼의 삶에 적응하며, 소박한 일상에 자신을 맞췄습니다. 그렇건만 여전히 그를 사랑하고 있었습니다. 거친 천으로 만든 모자를 쓰고, 치마를 두른 촌 여인이 되어 있었습니다. 나무로 짜 맞춘 식탁에서 짚을 엮어 만든 의자에 앉아, 감자와 양배추와 비계를 섞어 끓인 수프를 질그릇에 담아 먹고 있었습니다. 그리고 남편과 나란히 거적 위에서 잠들곤 했습니다.

하지만 그 농사꾼 외에는 아무것도 생각하지 않았습니다! 온갖 장신구도, 고운 피륙도, 우아한 복장도, 푹신한 소파도, 휘장을 둘러친 방의 향기로운 따스함도, 온몸을 포근하게 감싸 피로를 풀어주는 새털 이불도, 그 무엇도 그리워하지 않았습니다. 그녀가 원했던 것은 오직 그 사람뿐, 그가 곁에 있기에 아무것도 바라지 않았습니다.

그녀는 아직 젊은 나이에, 세속적인 삶과 사교계와 자기를 길러주고 아끼던 사람들을 모두 버렸습니다. 그리고 그와 단둘이 그 거친 계곡으로 왔습니다. 그가 그녀에게는 갈망하고 꿈꾸고 끊임없이 기다리고 무한정 희구하는 모든 것이었습니다.

그는 그녀의 삶을 처음부터 끝까지 행복으로 충만하게 채워주었습니다.

그녀는 자기가 더 이상 행복할 수는 없었을 거라고 했습니다.

저는 그날 밤새도록, 자기를 따라 그토록 멀리 온 여인의 곁에 누워 잠든 그 늙은 병사의 쉰 숨소리를 들으며, 그 기이하고 소박한 사랑과 그토록 적은 것으로 이룬 완벽한 행복을 거듭 생각해보았습니다.

다음 날 아침 해가 뜨자, 저는 노부부와 악수를 한 뒤 그곳을 떠났습니다.

노신사가 이야기를 마쳤다. 그러자 어떤 여인이 말했다.

"어쨌든 그녀는 너무나 손쉬운 이상을 추구했고, 너무나 원초적인 욕구에 사로잡혀 있었으며, 너무나 소박한 것을 원했어요. 멍청한 여자임에는 틀림없어요."

그러자 다른 여인이 천천히 말했다.

"하지만 그게 어때서요! 그녀는 행복했잖아요."

그때 멀리 수평선에서는 코르시카 섬이 어둠에 잠기며 다시 바다 밑으로 가라앉고 있었다. 그리고 자신의 해안에 피신했던 소박한 두 연인의 이야기를 들려주려고 모습을 드러냈던 자신의 거대한 그림자를 천천히 지웠다.

첫눈

크루아제트의 긴 산책길은 푸른 물가를 따라 둥글게 휘어 있다. 거기에서 오른쪽으로는 에스트 렐라 산맥이 바다를 향해 멀리 튀어나와 있는데, 그래서 뾰족하고 괴상한 봉우리들로 이루어진 남 부 지방의 아름다운 배경이 수평선을 마감하며 시 야를 가로막고 있다.

왼쪽으로는 생마르그리트 섬과 생오노라 섬이 물 속에 누워 전나무로 뒤덮인 등을 보이고 있다.

그리고 넓은 만을 따라, 칸 주위에 위치한 높은 산들을 따라 수많은 하얀 별장들이 태양 아래 잠들어 있는 것 같다. 멀리서도 보이는 하얀 집들은 산꼭대기부터 발치까지 흩어져 있어, 검푸른 녹색의 배경을 눈으로 만들어진 점처럼 얼룩지게 한다.

바다에 인접한 별장의 열린 철책으로부터 넓은 산책길이 펼쳐져 잔잔한 물결에 잠기곤 한다. 날씨는 화창하고 온화하다. 냉기로 떨리는 일이 거의 없는 포근한 겨울날이다. 정원 담장 너머로는 황금빛 열매가 주렁주렁 달린 오렌지 나무와 레몬 나무들이 보인다. 부인들이 느린 걸음으로 큰길의 모래 위를 걸어가고, 그 뒤로는 굴렁쇠를 굴리거나 아니면 어른들과 이야기를 나누는 아이들이 따라가고 있다.

한 젊은 부인이 크루아제트를 향해 문이 나 있는 작고 아담한 집에서 방금 나왔다. 그녀는 걸음을 잠깐 멈추고 산책하는 사람들을 바라보다가 미소를 짓고는, 지친 걸음걸이로 바다가 마주 보이는 빈 벤치로 간다. 스무 걸음쯤 걸은 그녀가 지쳐서 헐떡이면서 자리에 앉는다. 창백한 그녀의 얼굴은 죽은 사람의 얼굴 같았다. 기침이 나오자, 기운을 빼는 그 흔들림을 멈추게 하려는 듯 투명한 손가락을 입술로 가져간다.

그녀는 태양빛과 제비들이 가득한 하늘을 바라본다. 그리고 거기에 있는 에스트렐라 산맥의 들쭉날쭉한 봉우리들과 아주 가까기에 있는 파랗고 잔잔하고 아름다운 바다를 바라본다.

그녀는 또 미소를 지으며 중얼거린다.

"오! 난 얼마나 행복한가."

하지만 그녀는 자기가 곧 죽으리라는 것을 알고 있다. 새봄을 맞을 수 없으리라는 것과, 바로 이 산책길을 따라 자기 앞을 지나는 이 사람들이 1년 후 좀 더 자란 아이들을 데리고 언제나 희망과 애정과 행복이 가득한 마음으로 이 온화한 고장의 포근한 공기를 또 마시러 오는 것을 볼 수 없으리라는 것을 알고 있다. 반면, 오늘까지 아직 남아 있는 그녀의 가엾은 육신이 그때쯤이면 비단 수의에 싸여 뼈만 남긴 채 썩게 되리라는 것도 알고 있다.

그녀는 더 이상 존재하지 않을 것이다. 생의 모든 것들은 다른 사람들을 위해 계속될 것이다. 그녀로서는 끝일 것이다. 영원히. 그녀는 존재하지 않을 것이다. 그녀는 미소를 지으며, 병든 폐로 정원의 향기로운 숨결을 가능한 한 많이 들이마신다.

그리고는 생각에 잠긴다.

4년 전, 사람들이 그녀를 노르망디의 한 신사와 결혼시켰다. 그는 수염이 덥수룩하고 혈색이 좋으며, 명랑한 성격에 넓은 어깨를 가진 건강한 청년이었다.

그들은 그녀가 전혀 알지 못했던 재산 때문에 결혼하게 되었다. 자기 의지대로라면 그녀는 "아니오"라고 말했을 것이다. 그러나 부모를 거역하지 않으려고 고갯짓으로 허락하고 말았다. 그녀는 파리 태생으로, 명랑한 성격에 행복한 삶을 누리던 처녀였다.

남편은 그녀를 노르망디에 있는 자신의 큰 저택으로 데리고 갔다. 아주 오래된 커다란 나무들로 둘러싸인 거대한 석조 건물이었다. 커다란 전나무 숲이 정면의 시야를 가로막고 있었다. 건물 오른쪽으로는 숲 사이로 난 틈을 통해 멀리 떨어진 농가까지 허허벌판이 펼쳐진 풍경이 내다보였다. 지름길 하나가 철책 앞으로 지나가 3킬로미터 떨어진 큰길까지 통했다.

오! 모든 것이 그녀의 기억에 떠오른다. 그녀의 도착, 새집에서의 첫날, 그 후 이어진 그녀의 고독한 삶.

그녀는 마차에서 내리면서, 낡은 건물을 쳐다보고 웃으며 말했다.

"화사하지는 않네요!"

그 말에 남편이 웃음을 터뜨리며 대답했다.

"걱정 마! 익숙해질 테니까. 곧 알게 될 거야. 난 결코 지루한 사람이 아니거든."

그날, 그들은 포옹하면서 시간을 보냈다. 그래서 그녀는 그날이 그다지 길게 생각되지 않았다. 이튿날 그들은 다시 시작했다. 그리고 정말로 그 주일 내내 애무만 하면서 지냈다.

그 후 그녀는 내부를 꾸미는 일에 몰두했다. 그 일은 한 달이나 계속되었다. 무의미하지만 몰두할 수 있는 일 속에서 하루하루가 지나갔다. 그녀는 생활에서 사소한 것들의 가치와 중요성을 배웠다. 그리고 계절에 따라 몇 푼 더하거나 덜하는 달걀 값에 관심을 가질 수 있다는 것도 알게 되었다.

여름이었다. 그녀는 수확하는 것을 보기 위해 밭으로 갔다. 화창한 태양이 명랑한 기분을 갖게 해주었다.

가을이 왔다. 남편이 사냥을 하기 시작했다. 그는 아침마다 메도르와 미르자라는 두 마리의 개를 데리고 나갔다. 그러면 그녀는 혼자 남아 있었는데, 남편인 앙리가 없다는 것이 그다지 슬프지는 않았다. 그녀는 그를 사랑했지만, 그의 존재가 그다지 아쉬운 것은 아니었다. 남편이 집에 돌아왔을 때 그녀의 애정이 향하는 대상은 오히려 개들이었다. 그녀는 저녁마다 어머니 같은 사랑으로 개들을 보살폈고, 끝없이 어루만졌으며, 남편에게는 사용해볼 생각도 하지 않던 귀엽고 매력적인 수많은 애칭을 개에게 붙여주었다.

그는 그녀에게 언제나 사냥에 대한 이야기를 들려주었다. 전에 자고새를 만났던 장소를 가르쳐주기도 하고, 조제프 르당튀의 토끼풀에서 산토끼를 한 마리도 찾아볼 수 없는 것을 이상해하기도 했다. 때로는 르아브르에 있는 르샤플리에의 소행에 화를 내는 것 같았다. 그 사람은 계속 앙리 드 파르빌의 땅 경계를 따라가며 앙리가 하늘로 몰아올린 사냥 거리를 쏜다는 것이다.

그녀가 대답했다.

"그렇군요. 정말 좋지 않군요."

그녀는 다른 일을 생각하면서 건성으로 대답했다.

겨울이 왔다. 노르망디의 겨울은 춥고 비가 많이 내렸다. 하늘을 향해 칼날처럼 세워진, 각진 슬레이트 지붕 위로 그칠 줄 모르는 폭우가 쏟아졌다. 길은 진흙의 강과 같았고, 평야는 진흙 벌판이었다. 빗소리 외에는 아무 소리도 들리지 않았다. 까마귀들이 맴돌며 나는 모습 외에는 아무런 움직

임도 보이지 않았다. 까마귀들은 구름이 펼쳐지듯 밭을 덮쳤다가 다시 날아가곤 했다.

4시쯤이면, 날개 달린 검은 짐승의 무리들이 귀청 떨어질 듯한 소리를 내면서 저택 왼쪽에 있는 커다란 너도밤나무 숲에 와서 앉았다. 그 녀석들은 거의 한 시간 동안 이 꼭대기에서 저 꼭대기로 날아다녔고, 서로 싸우는 것 같기도 했으며, 까악대면서 잿빛 나뭇가지 사이로 시커멓게 옮겨다녔다.

매일 저녁 그녀는 황량한 대지 위에 내리는 어둠의 음울한 우수에 잠겨 무거운 가슴으로 그 녀석들을 바라보았다.

이어 초인종을 눌러 램프를 가져오게 하고는 불 곁으로 다가갔다. 그녀는 장작더미로 한껏 불을 지폈지만, 습기로 가득 찬 커다란 방들은 좀처럼 따뜻해지지 않았다. 거실에서도, 식사 때에도, 자기 방에서도, 집 안 어느 곳에서나 그녀는 하루 종일 추위를 겪어야 했다. 추위가 뼛속까지 스며드는 것 같았다. 남편은 저녁 식사 시간이 되어야 돌아왔다. 줄곧 사냥을 하거나 씨 뿌리기, 경작 같은 온갖 들일에 열심이었기 때문이다.

그는 흙투성이가 되어 기분 좋게 들어와서는 두 손을 문지르며 말하곤 했다.

"고약한 날씨야!" 아니면, "불이 있어서 좋군!" 또는 이따금 이렇게 묻기도 했다.

"오늘은 어땠소? 잘 보냈소?"

그는 행복했고, 건강했으며, 이 단순하고 건전하고 조용한 생활 이외에 다른 것은 꿈도 꾸지 않을 만큼 욕심이 없었다.

12월경에 눈이 내리자, 그녀는 세월과 더불어 인간도 그렇게 되듯이, 수세기에 걸쳐 차가워진 듯한 오래된 저택의 얼음장 같은 공기에 큰 고통을 느꼈다. 그래서 어느 날 저녁, 남편에게 부탁했다.

"이봐요, 앙리. 여기에 난로를 놓아야겠어요. 그러면 벽의 습기가 없어질 거예요. 정말 아침부터 저녁까지 너무 추워요."

처음에 그는 저택에 난로를 설치한다는 그런 엉뚱한 생각에 어리둥절했다. 차라리 개한테 은그릇으로 밥을 차려주는 것이 더 자연스러울 것 같았다. 그러다가 그는 가슴이 터질 만큼 심하게 웃음을 터뜨리며, 다음과 같은 말을 되풀이했다.

"여기에, 여기에다 난로라니, 하하! 정말 멋진 농담이오!"

그래도 그녀는 주장을 굽히지 않았다.

"정말 몸이 얼어붙는 것 같아요. 당신은 그걸 느끼지 못하겠죠. 언제나 움직이니까. 하지만 난 얼어 죽을 것만 같아요."

그는 여전히 웃으면서 대답했다.

"걱정하지 마! 익숙해질 거야. 게다가 그게 건강에도 좋단 말이오. 당신도 건강이 좋아질 거요. 제기랄! 우린 깜부기불로 살아가는 파리 시민이 아니란 말이오. 게다가 곧 봄이 올 거요."

정월 초순경에 커다란 불행이 그녀에게 닥쳐왔다. 그녀의 아버지와 어머니가 마차 사고로 돌아가신 것이다. 그녀는 부모님의 장례식 때문에 파리로 가야 했다. 약 여섯 달 동안 그녀의 가슴속엔 오로지 슬픔만이 자리잡았다.

포근한 날들의 온화함이 마침내 그녀를 되살아나게 했다. 그러나 가을이 될 때까지 슬픈 무기력 속에 살았다.

추위가 다시 왔을 때, 그녀는 처음으로 어두운 미래를 직시했다. 무엇을 할 것인가? 아무것도 없다. 장차 무슨 일이 일어날 것인가? 아무것도 없다. 그녀의 마음을 소생시킬 수 있는 어떠한 기대가, 어떠한 희망이 있는가? 아무것도 없다. 그녀를 진찰한 의사는 그녀가 절대로 아이를 가질 수 없을 거라고 분명히 말했다.

다른 해보다 심하게 파고드는 추위가 끊임없이 그녀를 괴롭혔다. 그녀는 후들후들 떨리는 두 손을 이글거리는 불길에 내밀었다. 타오르는 불꽃의 열기가 그녀의 얼굴을 화끈거리게 했다. 그러나 차디찬 기운은 등골로 스며들어, 살과 옷 사이로 파고들었다. 그녀는 머리부터 발끝까지 오들오들 떨었다. 쌩쌩 불어오는 바람과 심한 외풍이, 음험하고 악착스러운 적처럼 방마다 자리잡고 있는 듯했다. 매순간 그녀는 찬바람과 만났다. 외풍은 차디차고 위험한 증오를 때로는 얼굴에, 때로는 손에, 때로는 목에 쉴 새 없이 퍼부어댔다.

그녀는 다시 난로 이야기를 꺼냈다. 그러나 남편은 마치 그녀가 달을 따달라는 요구라도 한 양 진지하게 들어주지 않았다. 파르빌은 그런 기구를 설치한다는 것이 연금술의 돌을 발견하는 것만큼이나 불가능하다고 여긴 것이다.

어느 날, 일 때문에 루앙에 간 그가 아내에게 구리로 만든 귀여운 발 보온기를 가져다주었다. 그는 웃으면서 그것을 '휴대용 난로'라고 이름 붙였다. 그리고 그는 그것만 있으면 앞으로 절대 춥지 않을 거라고 말했다.

12월 말경, 그녀는 언제까지나 이렇게 살 수는 없다는 것을 깨닫게 되었다. 그러던 어느 날, 그녀는 저녁 식사를 하면서 머뭇거리며 남편에게 부탁했다.

"여보, 봄이 오기 전에 파리에 가서 일주일이나 이 주일쯤 있다 올까요?"

남편은 어리둥절한 표정을 지었다.

"파리? 파리에 왜? 아! 절대로 안 돼. 정말이지! 여기가, 자기 집이 제일 좋은 거야. 당신은 가끔 참 이상한 생각을 하는구려!"

그녀가 더듬거리면서 말했다.

"기분 전환도 될 텐데요."

그는 이해하지 못했다.

"기분 전환하기 위해 당신에게 무엇이 필요하단 말이오? 연극? 야회? 외식? 하지만 그런 종류의 오락을 기대하면 안 된다는 것을 여기에 오면서 깨달았을 텐데!"

그녀는 그 말과 어조에 비난이 담겨 있음을 알고 입을 다물었다. 그녀는 반항도 못하고 의지력도 없는, 온순하고 수줍음 많은 여자였다.

1월이 되자 혹한이 다시 찾아왔다. 이어 온 천지가 눈으로 뒤덮였다.

어느 날 저녁, 그녀는 커다란 구름 같은 까마귀 떼가 빙빙 맴돌다가 나무 주위로 내려앉는 광경을 바라보고 있었다. 그러다가 자기 의지와는 상관없이 눈물을 흘리기 시작했다.

남편이 들어오더니 깜짝 놀라 물었다.

"무슨 일이 있소?"

그는 행복한 사람이었다. 다른 생활이나 다른
즐거움을 한 번도 꿈꿔본 적이 없기에 그는 너무
행복했다. 그는 이 침울한 고장에서 태어나고 자
랐다. 그는 자기 집에 있는 것이 육체적으로나 정
신적으로 편하게 느껴지는 사람이었다.

그는 이벤트를 바란다든지, 변화무쌍한 즐거움
을 갈망한다든지 하는 것을 이해하지 못했다. 어
떤 사람들에게는 사계절 내내 같은 장소에 머물러
있는 것이 자연스럽게 여겨지지 않는다는 점을 조
금도 이해하지 못했다. 많은 사람들에게는 새로운
고장에서 맞는 봄, 여름, 가을, 겨울이 새로운 즐
거움이 될 수 있다는 것을 알지 못하는 듯했다.

그녀는 아무 대답도 할 수 없어 얼른 눈물을 닦
고는 어쩔 줄 몰라 했다. 그녀는 더듬거리면서 말
했다.

"난…… 난…… 조금 쓸쓸해요……. 조금 따분
한 거예요……." 그러나 어떤 공포가 그렇게 말하

는 그녀를 사로잡았다. 그래서 그녀는 재빨리 덧붙였다.

"그리고…… 난…… 조금 추워요."

그 말에 그가 화를 냈다.

"아! 그렇군. 여전히 난로 생각을 하는구려. 그러나 봐요, 제기랄! 당신은 여기 와서 감기 한 번 걸린 적이 없지 않소."

밤이 되자 그녀는 자기 방으로 올라갔다. 그녀가 각방을 쓰자고 강경하게 요구했기 때문이다. 그녀는 자리에 누웠다. 침대에서조차 그녀는 추위를 느꼈다. 그녀는 생각했다.

'언제나 이럴 거야. 언제나 죽을 때까지.'

그리고 남편을 생각했다. 그가 어떻게 그런 말을 할 수 있단 말인가!

'당신은 여기 와서 감기 한 번 걸린 적이 없지 않소.'

그러니 그녀가 추위로 괴로워하고 있다는 것을 그가 알게 하려면 병이 나거나 기침을 해야 한다!

어떤 분노가 그녀를 사로잡았다. 약자의, 수줍은 사람의 흥분한 분노가.

그녀는 기침을 하지 않으면 안 된다. 그러면 그는 아마 그녀를 동정하게 될 것이다. 아, 그래! 기침을 해야지. 그러면 기침 소리를 들은 남편이 의사를 불러올 거야. 그렇게 될 테니 두고 보라지. 두고 보라지!

그녀는 맨다리로, 맨발로 일어났다. 어린아이 같은 생각이 그녀를 미소 짓게 했다.

'난 난로를 갖고 싶어. 가지고 말 테야. 그가 난로 하나를 놓아야겠다는 결심을 해야 할 정도로 기침을 해야지.'

그러고는 거의 벌거벗은 채 의자에 앉았다. 그녀는 한 시간을, 두 시간을 기다렸다. 몸이 와들와들 떨렸지만, 감기엔 걸리지 않았다. 그래서 그녀는 비상수단을 취하기로 결심했다.

그녀는 조용히 방에서 빠져나와, 계단을 내려가 정원으로 나가는 문을 열었다.

눈 덮인 대지는 쥐 죽은 듯 고요했다. 그녀는 맨

발을 불쑥 앞으로 내밀어 그 가볍고 차디찬 이끼 속에 집어넣었다. 상처처럼 고통스러운 냉기가 심장까지 올라왔다. 그러나 그녀는 다른 다리를 펴서 계단을 천천히 내려가기 시작했다.

그녀는 잔디밭을 가로질러 걸어가면서 중얼거렸다.

"전나무가 있는 곳까지 가야지."

그녀는 맨발을 눈 속에 깊숙이 집어넣을 때마다 숨이 막혀 헐떡이면서도 종종걸음으로 걸었다.

그녀는 계획을 끝까지 실천했다는 것을 스스로에게 확인시키려는 것처럼 첫 번째 전나무에 손을 댔다. 그러고는 되돌아왔다. 그녀는 감각이 마비되고 기력이 빠진 듯 느껴져서 두세 번 넘어질 줄 알았다. 하지만 집 안으로 들어가기 전에 그녀는 그 차디찬 거품 속에 앉았다. 그리고 그것을 뭉쳐 가슴에 문질러대기까지 했다.

그녀는 방으로 들어와서 자리에 누웠다. 한 시간이 지나자 목구멍에 개미가 들어 있는 것 같았다. 다른 개미들은 그녀의 사지를 따라 뛰어다녔다. 그러는 동인 잠이 들었다.

다음 날 아침, 그녀는 기침이 나고 일어날 수조차 없었다.

폐렴에 걸린 것이다. 그녀는 헛소리를 하는 와중에도 난로를 부탁했다. 의사는 난로를 놓으라고 강력히 요구했다. 앙리는 굴복했지만 분을 애써 삭이며 아주 못마땅하게 생각했다.

그녀는 쾌유될 수 없었다. 그녀의 깊이 병든 폐는 생명을 위태롭게 했다.

"부인이 여기에 있다가는 겨울까지 살 수 없을 것입니다."

의사가 말했다.

그래서 그녀를 지중해 연안으로 보냈다.

그녀는 칸에 와서 태양을 맛보고, 바다를 사랑했으며, 꽃 핀 오렌지 나무의 향기를 들이마셨다.

그녀는 봄이 되자 북부 지방으로 돌아갔다.

그러나 그녀는 이제 병이 낫는 것에 대한 두려움을, 노르망디의 긴 겨울에 대한 두려움을 안고 살아간다. 그래서 몸이 좋아지려고 할 때마다 곧 그녀는 지중해의 온화한 바닷가를 생각하면서 밤에 창문을 열어놓았다.

이제 그녀는 죽어가고 있다. 그녀도 그것을 잘 알고 있지만 행복하다.

그녀는 펼쳐보지 않던 신문을 펴든다. 그러고는 '파리에서의 첫눈'이라는 제목을 읽는다.

그녀는 몸을 부르르 떨고는 미소를 짓는다. 그러고는 저 너머 석양에 장밋빛으로 물드는 에스트렐라 산맥을 바라본다. 그녀는 광활하고 파란, 너무나 파란 하늘과 광활하고 푸른, 너무나 푸른 바다를 바라본다. 그리고 자리에서 일어난다.

이어 느린 걸음으로 집에 돌아온다. 기침이 나오면 걸음을 멈추면서, 밖에 너무 늦게까지 있었고 날도 좀 추웠기 때문이다.

그녀는 남편의 편지 한 장을 발견한다. 그리고 여전히 미소를 지으면서 편지를 꺼내 읽는다.

사랑하는 당신에게,

당신의 건강이 좋아지기를 바라고 있소. 우리의 아름다운 고장을 너무 그리워하지 않기를 바라오. 여기는 눈이 오려는지 며칠 전부터 몹시 춥소. 난 그런 날씨를 대단히 좋아하오. 그리고 내가 당신의 고약한 난로를 절대로 피우지 않으려고 조심하고 있다는 것을 당신도 알겠지…….

그녀는 자기가 난로를 가졌었다는 생각에 너무 행복해서 읽는 것을 그만둔다. 편지를 들고 있는 오른손이 무릎 위로 천천히 떨어진다. 그리고 그녀는 가슴을 찢는 듯한, 여간해서 멈추지 않는 기침을 가라앉히려는 것처럼 왼손을 입에 갖다 댄다.

옮긴이의 말

모파상(Guy de Maupassant)은 여전히 프랑스 사람들의 가슴에 살아 있다. 친근한 일상에서 각양각색 인간의 위약함과 허점, 위선을 특유의 재치로 그려내고 있기에 그러하다. 마치 독일에 괴테가, 영국에 셰익스피어가 살아 있듯이 말이다. 우리들은 '오랜 시간 동안 변함없이 사랑할 수 있을까?' 나 '행복을 어떻게 정의할 수 있을까?' 와 같은 지고한 사랑이나 행복에 관해 오늘날에도 끊임없이 이야기한다. 이 주제는 바로 모파상의 소설의 주제이기도 하다. 삶에 대한 열정을 가졌던 그는 자신의 글을 통해 "우리의 인생이란 남들이 생각하는 것처럼 그렇게 행복한 것도 불행한 것도 아니다."라고 이야기하고 있다. 황혼녘의 우수가 사람들의 어조를 느릿하게 만들 때 우리는 이 주제에 대해 새삼 동요되어 이야기하며 마음을 어지럽히는 추억에 빠져들기도 한다.

번역일로 다시 만나게 된 모파상의 글은 내게 생생한 지난날의 추억을 돌아보게 했다. 마치 프루스트의 《잃어버린 시간을 찾아서(À la recherche du temps perdu)》에서 어느 추운 겨울날, 마르셀이 홍차에 마들렌 과자를 적셔 먹는 순간 극도의 희열감에 빠져, 죽은 듯이 보였던 콩브레의 레오니 숙모네 집에서 보낸 어린 시절의 기억에서 마을 주변에 뻗은 두 산책로의 기억이 기적처럼 되살아나듯 말이다.

모파상은 그의 단편에서 인생이 얼마나 헛헛한 것인지를 적확하고도 송곳처럼 잔인하게 후벼 파준다. 따라서 독자들은 이미 결론을 안다고 하더라도 충격적인 반전과 묘사로 마지막까지 숨막히는 텍스트 읽기의 즐거움을 맛볼 수 있다. 진짜와 가짜, 사랑, 배신, 위선 등을 흥미진진하게 펼쳐 보이는 모파상의 예리하고 매혹적인 표현으로 진정한 사랑과 행복이 무엇인가에 대해 귀기울이게 된다.

나는 몇 년 전 모파상의 '행복'을 읽고 그곳을 상상하며, 태고적 모습을 그대로 간직하고 있는 '아름다운 섬(Île de beauté)이라 불리는 코르시카로 무작정 떠난 적이 있다. 우리들이 '예술'이라고 부르는 것은 그곳 어디에서도 찾기 힘들었지만, 너무도 아름다운 자연에 매료되어 그들의 식민지 역사나 코르시카 민족해방전선(Front de libération nationale corse, FLNC)의 '대륙으로부터의 분리 운동', 테러 등은 생각하지 않고 코르시카 특유의 치즈와 섬의 아름다움만을 즐겼던 기억이 지금도 생생하다. 그런데 특이했던 점은 이곳에서 모파상의 주인공들이 살아 움직이는 것 같은 느낌이 들었다. 이는 아마도 모파상의 주인공들이 나와 내 주변의 이야기를 하고, 우리 모두의 단상을 보여주기 때문일 것이다. 뛰어난 통찰력으로 인간의 본질에 대해 신랄하게 조명한 그의 글은 우리 모두 한 번쯤 겪었을 법한 이야기이기에 우리는 크게 감동 받고 오랫동안 행복을 음미하는 것이다. 이것이 바로 모파상 소설의 매력이자 그의 위대함이 아닐까 싶다.

최내경

작가에 대하여

생애

사실주의의 대표적 작가의 한 사람인 기 드 모파상(Guy de Maupassant)은 노르망디의 미로메닐 출생이다. 아버지 귀스타브 드 모파상은 로렌 지방 가문 출신인데 18세기부터 노르망디 지방에 정착했다. 어머니 로르 르 푸아트뱅의 오빠가 플로베르의 절친한 친구였다. 모파상의 부모는 계속되는 불화로 인해 1860년 헤어졌고, 모파상은 어머니, 동생과 함께 노르망디의 에트르타에서 자란

다. 1868년 루앙에 있는 고등학교에 들어갔고, 자주 플로베르의 집을 방문하면서 그의 가르침을 받게 된다. 플로베르는 모파상을 졸라, 위스망스, 도데 등 당대의 위대한 문인들에게 소개한다. 1869년부터 파리에서 법률 공부를 시작하였으나, 1870년에 프로이센-프랑스 전쟁(보불전쟁)이 일어나자 학업을 중단하고 군에 지원 · 입대하였다. 전쟁 후에 심한 염전사상(厭戰思想)에 사로잡혔는데, 이것이 문학 지망의 결의를 굳히는 동기가 되었다.

1872년 아버지의 도움으로 해군성, 문부성에 취직, 생계를 유지하면서 어머니의 어릴 때부터의 친구인 귀스타브 플로베르에게서 직접 문학 지도를 받았다. 1874년 플로베르의 소개로 에밀 졸라를 알게 되었고, 또 파리 교외에 있는 졸라의 저택에 자주 모여 문학을 논하던 당시의 젊은 문학가들과도 사귀었다.

1875년 처음으로 지역 신문에 단편 '박제된 손'을 발표한다. 1880년 졸라는 모파상, 위스망스 등을 포함한 6명의 젊은 작가들이 쓴, 프로이센 · 프랑스 전쟁에서 취재한 단편집 《메당의 저녁 나절들(Les soirée de Médan)》을 간행한다. 메당은 졸라의 저택이 있던 곳으로, 이곳에 모인 6명의 문인 중 위스망스는 작품집 이름을 《희극적 침략(Invasion comique)》으로 하자고 제안했지만 당시 평단을 의식해서 《메당의 저녁 나절들》이라는 중성적 이름을 택하게 된다. 모파상은 여기에 '비곗덩어리'를 실어 날카로운 인간 관찰과 짜임새 등에서 어느 작품보다도 뛰어나 사람들의 주목을 끌었으며, 문단 데뷔를 확고히 하였다.

1883년에는 장편 소설 《여자의 일생(Une Vie)》을 발표하였는데, 이 소설은 선량한 한 여자가 걸어가는 환멸의 일생을 염세주의적 필치로 그려낸 작품으로서 그의 명성을 높였을 뿐 아니라, 플로베르의 《보바리 부인》과 함께 프랑스 사실주의 문학이 낳은 걸작으로 평가되고 있다.

모파상의 재능을 인정하면서도 그의 단편에 나타나는 외설적인 묘사가 지나치게 자연주의적 경향으로 흐르고 있음을 못마땅하게 여기던 톨스토

이도 이 작품에 대해서는 찬사를 아끼지 않았다.

모파상은 이미 27세경부터 신경질환을 자각하고 있었으나, 이러한 증세로 고통을 겪으면서도 불과 10년간의 문단 생활에서 단편 소설 약 300편, 기행문 3권, 시집 1권, 희곡 몇 편, 그리고 《죽음처럼 강하다》(1889년), 《우리들의 마음》(1890년) 등의 장편 소설을 썼다.

다작으로 인한 피로와 복잡한 여자관계로 지병인 신경질환이 더욱 악화되어 1892년 1월 2일 니스에서 자살을 시도하기까지 하였다. 그 후 파리 교외의 정신병원에 수용되었다가 정신 발작을 일으켜 이듬해 7월 6일 43세의 나이로 삶을 마쳤다.

《비곗덩어리》를 발표하여 문단에 혜성같이 나타난 모파상의 작품은 되도록 주관을 배격하여 사실 그대로의 인생 모습을 허식 없이 간결한 문체를 많이 사용한 것이 특징이었다.

작품 세계

그의 작품은 일반적으로 표면적·물질적이어서 깊은 정신면이 부족하다고 하지만, 무감동한 문체를 통해서 일관한 감수성과 고독감은 인생의 허무와 싸우는 그의 불안한 영혼을 나타내고 있다.

모파상의 작품들에는 몇 가지 특징이 있다. 무감동적인 문체의 사용, 이상 성격자나 염세주의적 인물의 등장 등이다. 이러한 특징은 모파상 자신의 생애와 아주 무관하지는 않아 보인다. 그는 환상 단편들처럼 복잡하고 기이한 인생을 살았는데, 27세에 이미 신경질환을 자각하고 있었다고 한다. 그의 이야기에서는 전체적으로 이상한 고독감을 느낄 수 있는데, 예를 들어 환상 단편 '오를라'의 등장인물이 겪는 고독과 불안, 그리고 그런 심리 상태를 형상화한 문체가 비단 등장인물만의 것이 아니라는 점을 엿볼 수 있다.

옮긴이 최내경

불어 전문 번역가. 이화여자대학교 불어불문학과를 졸업했다. 서강대학교에서 불어학 석사학위와 박사학위를 받았다. 지금은 서경대학교 교수로 재직중이며, 서강대학교 등에서 프랑스어와 프랑스 문화에 대해 강의를 하고 있다. 지은 책으로는 《몽마르트르를 걷다》《고흐의 집을 아시나요》《어느 일요일 오후》《바람이 좋아요》《À la rencontre des Français et des francophones》《프랑스어학개론》《Alain et Pauline》 등이 있다.

옮긴 책으로는 《사서 빠뜨》《비겟덩어리》《파리에서의 정사/쥘 삼촌/아버지/몽생미셸의 전설》《별》《어린 왕자》《여자의 사랑이 남자를 바꿀 수 없다》《부자뱅이, 가난뱅이》《샤를 페로가 들려주는 프랑스 옛이야기》《인상주의》《나는 죽을 권리를 소망한다》《사랑할 땐 사랑한다고 말하자》《목화의 역사》 등이 있다.

보석/목걸이/어떤 정열/달빛/어느 미망인/후회/행복/첫눈

1판 1쇄 인쇄 2020년 1월 28일
1판 1쇄 발행 2020년 2월 4일

지은이 기 드 모파상
옮긴이 최내경
펴낸이 김현정
펴낸곳 책읽는고양이

등록 제4-389호.(2000년 1월 13일)
주소 서울시 성동구 행당로 76 110호
전화 2299-3703
팩스 2282-3152
홈페이지 www.risu.co.kr
이메일 risubook@hanmail.net

ⓒ 2020, 책읽는고양이
ISBN 979-11-86274-54-5 03860

루캣유어셀프 __ 단편소설에서 나 다운 삶을 찾다!

※루캣유어셀프 시리즈는 계속 발간됩니다.

얼리퍼플오키드 __ 단편으로 만나는 초기 페미니즘

※얼리퍼플오키드 시리즈는 계속 발간됩니다.

책읽는고양이

약간의 거리를 둔다

소노 아야코의 에세이. "좋아하는 일을 하든가, 지금 하는 일을 좋아하든가" "인생은 좋았고, 때로 나빴을 뿐이다" "자기다울 때 존엄하게 빛난다" 등등 정말 맞는 말이라 무릎을 치게 만드는 조언들, 어이없을 정도로 간단하지만 감히 뒤집어볼 엄두조차 내지 못했던 삶의 진리들이 가득하다. 객관적 행복을 좇느라 지친 영혼을 위로하는 책으로 '나' 자신을 속박해온 통념으로부터 벗어나 나답게 사는 삶으로 터닝할 수 있도록 이끌어준다. 9900원.

매경·교보문고 선정 "2017년을 여는 베스트북"
예스24 선정 "2017년 올해의 책"

타인은 나를 모른다

베스트셀러《약간의 거리를 둔다》의 작가 소노 아야코가 전하는 '관계로부터 편안해지는 법'. 짧지만 함축적 언어로 인생의 묘미를 표현하는 소노 아야코식 글쓰기가 돋보이는 책으로, 타인과 나는 다르며, 또 절대 같아질 수 없음을 상기시킨다. 이를 통해 타인으로부터의 강요는 물론, 나의 생각을 받아들이지 못하는 상대로 인한 스트레스로부터 편안해지는 기본기를 다져준다. 9900원.

남들처럼 결혼하지 않습니다

소노 아야코의 부부 심리 에세이. 부모의 불화 속에서 자란 저자가 아나키스트 부모 밑에서 자란 남편을 만나 완전히 상반된 부부상을 경험하면서 깨달은 결혼의 본질과 배우자 선택에서부터 성격 차이, 대화, 바람기, 배우자의 가족 등등, 부부가 되어 겪는 다양한 갈등에 대한 이해를 담았다. 10,900원.

좋은 사람이길 포기하면 편안해지지

소노 아야코 에세이. 사람으로부터 편안해지는 법. '좋은 사람'이라는 틀 속에 갇혀 까딱하면 남들 눈에만 흡족한 껍데기로 살기 쉬운 현실 속에서, 타인의 평가에 휘둘리지 않고 굳건히 '나'를 지켜내는 법과, 원망하지 않고 진정 편안한 관계로 가는 지혜를 전한다. 11,800원.

알아주든 말든

소노 아야코 에세이. 나답게 살기 위해 놓치지 말아야 할 '인생의 본질'을 말한다. 성공, 성실, 호감, 좋은 관계 등등 세상의 좋은 것들을 나열하고, 독려했다면 진부했을 것이다. 저자는 오히려 실패, 단념, 잘 풀리지 않았던 관계 등등 누구나 꽁꽁 숨기고 싶어하는 경험들 속에서 인간의 본성과 언행의 본질을 끄집어냄으로써 나를 직시하게 만든다. 11,200원.

조그맣게 살 거야

미니멀리스트 진민영 에세이. 외형적 단순함을 넘어 내면까지 비우는 삶을 사는 미니멀 라이프 예찬론. 군더더기를 빼고 본질에 집중하는 삶을 통해 '성공이 아닌 성장', '평가받는 행복이 아닌 진짜 나의 행복'으로 관점을 바꿔준다. 11,200원.

아버지 가방에 들어가실 뻔

파리를 100번도 더 가본 아트여행 기획자인 아들이 오랜 원망의 대상이었던 아버지와 함께 떠난 단 한 번의 파리 여행을 계기로, 아버지를 이해하게 되고 나아가 가족 내 상처 치유와 관계 회복은 물론, 20여 년 간 일해온 여행업에서도 다시금 맥락을 잡아가는 기적과 같은 변화를 담고 있다. 이를 통해 진정한 '나다운 삶'이란 상처와 조우하는 용기와 언제나 내 편이 되어주고 묵묵히 바라봐주는 가족에 기반함을 전한다. 김신 지음. 13,000원

되찾은 시간

잃어버린 시간을 찾아서 시작한 독립서점 '프루스트의서재'는 단순한 책방이기보다 '나다운 삶'을 실현하는 공간이자 시간이다. 진정성 있는 삶을 찾는 이 책은 '나다움'을 담보로 누리는 우리의 달콤한 풍요에 물음표를 던진다. 박성민 지음. 13,800원.

내향인입니다

홀로 최고의 시간을 보내는 내향인 이야기. 얕게는 내향성에 대한 소개부터 깊게는 사회가 만들어놓은 많은 정형화된 '좋은 성격'에 대한 여러 가지 회의적 의문을 제기한다. 진민영 지음. 11,800원.

타산지석 시리즈

"여행은 보이지 않는 지도에서 시작된다."